Emma knows everything.

Hamaguchi Rintaro

君の心を読ませて

浜口倫太郎

実

Emma knows everything.

Hamaguchi Rintaro

君の心を読ませて

contents

年

装幀　坂野公一（welle design）　装画　SRBGENk

2 0 X X

零章

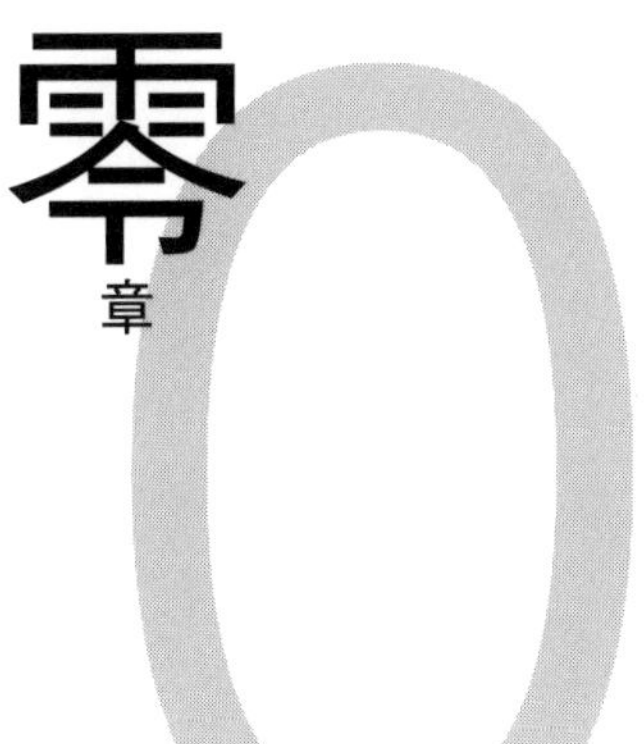

1　半年前　古市三太

古市三太が振るった斧が、最後の一人の首を飛ばした。大量の血しぶきが舞い散り、三太の全身を真っ赤に染め上げる。

生首が壁に叩きつけられ、床に転げ落ちる。その胴体から離れた下卑た顔を見て、三太は快感にうち震えた。やはり人殺しほどの娯楽はねえ……。

首元の伸びた囚人服をつまんで顔を拭き、荒れた息を整えながら辺りを見回す。コンクリート造りの殺風景な一室に、いくつもの死体が転がっている。血と吐瀉物と糞尿が入り混じり、懐かしい悪臭を放っていた。

無残な光景だが、三太は一向に動じない。なぜなら彼は凶悪な殺人鬼だからだ。この死体の山は、全員三太と同じ犯罪者たちだ。

「見事っ、見事なお手前。さすがっ、さすが稀代の猟奇殺人鬼・古市三太でありますな」

あの甲高い声が三太の鼓膜を震わせる。

ここは極刑が確定した犯罪者ばかりが収容されている刑務所だ。収監されていた極悪人どもが、この一室に集められた。

すると急にこの男が口火を切った。

「いっ、今から全員で殺し合いをしてもらい、さっ、最後に生き残った者は恩赦として釈放してさしあげます。バッ、バトルロイヤルであります」

姿はなく声しか聞こえなかった。

何を馬鹿なことをとせせら笑った奴は、首輪に仕込まれた爆弾で殺された。ここに収監されている全囚人にはめられている代物だ。そこで全員が、男の口にしたことが真実だと思い知った。

だがこれは絶好のチャンスだ。もう死刑は確定し、縛り首になるのを待つ連中ばかりなのだから。三太を含めた全員の凶暴性に火がついた。各々に配られた武器を使い、阿鼻叫喚の宴が開催されたのだ。

三太が首にはめられた首輪を指差した。

「約束は守れよ」

「もっ、もちろん。これであなたは自由です」

首輪が自動的に外れて、床に落ち、金属音が鳴る。男が操作したのだ。

「外に出て殺しをやっても捕まらねえんだろうな」

「そうであります。好き放題人を殺しちゃってください」

三太の口元に残酷な笑みが浮かぶ。自分にとってこれほど最高のプレゼントはない。

血の水溜りを渡って扉の前に立つと、扉が音もなく開いた。

「じゃあな」

死体どもを一瞥すると、三太は扉をくぐり抜けた。これで自由だ。さあ、釈放祝いとして誰をまず殺そうか……むさ苦しい男どもはもういい。若い娘だ。若い娘を殺したい……。

そうほくそ笑むや否や、三太の体がバラバラになった。触れるだけで切断されるピアノ線が、扉に張られていたのだ。

「ゆっ、愉快。さすが超性能のピアノ線であります」

男の満足そうな笑い声が、部屋中に轟いた。

2　八年前　春風友恵

「零、ご飯できたわよ」

春風友恵は扉越しに呼びかけた。

「お母さん、ありがとう。ちょっとだけ待って」

零の声が返ってくる。まだ十歳なので声変わりはしていない。その幼い声を聞いて、友恵は少し安堵した。

何をしているのだろう、と静かに扉を開けて中に入る。子供部屋に入るだけなのに緊張してしまう。

部屋の右部分は本棚だ。友恵には一行も読めないような、難解なコンピューターの技術書で埋まっていた。その他にも歴史、経済、哲学、医学、心理学の本がずらりと並んでいる。

ただそんな難しい本だけではなく、漫画も多い。普通の子供のように、零は漫画やアニメやゲームが大好きだ。零は電子書籍を嫌がるので、この部屋は本で埋めつくされている。紙の本の手触りが好みなのだ。

部屋の左側には大型のコンピューターサーバーが置かれている。まっ黒で、時々ランプが点滅している。この無機質なサーバーを見ていると、友恵は背筋が冷たくなる。何せこのサーバーは、何億円もする非常に高価なものだ。そんなものが、我が家にあるというだけで落ちつかない。

零は大きな椅子に座り、モニターに向き合い、キーボードでプログラムを打ち込んでいる。その指さばきは、まるでピアニストの超絶技巧だ。

歴史上最高のギフテッド――。

零は世間からそう呼ばれている。一歳頃で言葉を話しはじめ、二歳にはもう普通に会話ができた。三歳になる頃には、大人並みのボキャブラリーを持っていた。

通常この年齢の子供を持つ親は、子供が中々喋(しゃべ)らないことを心配する。だが友恵の場合は逆だった。零の成長の早さが怖くなったのだ。

ある日、保育園の保育士がこう切り出してきた。

「春風さん、零君のことなんですが、あまりにも他の子供と違いすぎます」

「……零は成長が早いですもんね」

「成長が早いとかそんなレベルじゃありませんよ。春風さん、ギフテッドってご存知ですか？」

「ギフテッド？　なんですかそれ？」

「同世代の子供と比較して、高い能力を持っている子供をそう呼ぶみたいです。平たくいえば天才児ってことですね」

「まさか。零が天才だなんて」

真剣に取り合わない友恵に、保育士が声を強めた。

「そういうギフテッドを調べている専門家の方がいるって聞いたことがあります。春風さん、一度その専門家に零君を診てもらいませんか？」

「……はあ、まあかまいませんが」

友恵はひとまず了承した。

すぐに保育士が、柳瀬(やなせ)教授という人物を見つけてきた。なんでも脳科学の権威で、ギフテッド研究の第一人者だそうだ。

柳瀬の研究室に零と出向いた。柳瀬は温和な紳士という感じだった。白衣で頭も真っ白なので、友恵が想像する大学教授そのままだ。

友恵は席を外し、柳瀬と零の二人きりで話をした。しばらくして友恵が呼ばれると、零が満悦そうにしていた。

その零の姿を見て、友恵は目を丸くした。零は人見知りで、特に大人の男性に懐くことは皆無だ。けれど柳瀬には、屈託のない笑顔を向けている。

零が席を外し、今度は柳瀬と友恵の二人きりになった。柳瀬が開口一番言った。

「結論から申し上げますと、零君は紛れもなくギフテッドです」

「うちの零がですか？」

「はい」

頷く柳瀬を見て、友恵は声を弾ませた。

「じゃあ零は一流の大学に行けるってことですか。例えば東大とか」

まさに夢のような話だ。友達にも近所の人たちにも自慢ができる。すると柳瀬が呆れ混じりに言った。

「お母さん、彼にとって大学進学など無意味です」

「なぜですか？」

「その年齢に至れば、誰も彼を教える者などおりません。私は長年ギフテッドの研究をし、ありとあらゆるギフテッドと接してきましたが、零君ほどの頭脳の持ち主に会ったことはありません」

「零はそんなに凄(すご)いんですか？」

ぽかんとした友恵が漏らすと、「はい」と柳瀬は神妙に頷いた。

友恵はごくごく平凡な大学を卒業し、ごくごく平凡な会社に勤めていた。これといった長所も短所もない。特殊な才能は一切ない。

夫の能力も友恵と似たり寄ったりだ。プライドが高い夫はそれを認めないだろうが。そんなありふれた夫婦から天才児が産まれる？　友恵はまったく呑(の)み込めない。

「お母さん、この子は日本の、いや世界の宝になります。この子が興味を示すこと、やりたいことはなんでもやらせてあげてください。資金面は心配しないでください。知り合いの投資家に協力させます」

「とっ、投資家って、何か見返りとか求められるんじゃ」

「ご心配なく。社会貢献をしたい大金持ちというのは世の中にたくさんいます。ギフテッドへの協力は人類の未来への投資なのです」

「はあ……」

熱が入った柳瀬に、友恵は戸惑いながら頷いた。

零がギフテッドだと聞いて、夫は大喜びした。大きくなったら俺たちは零のおかげで遊んで暮らせるぞ。そう無邪気にはしゃいでいた。

それに反して友恵は不安の方が大きかった。ギフテッドなどどう育てればいいのか皆目わからない。

成長するにつれ、零の噂が近所に広まった。どうすれば零君のような凄い子供が育つんですか？　いろんな人に訊かれたが、友恵は何も答えられなかった。そんなことこっちが知りたいくらいだ。

零が言語能力以上に優れていたのが、数学の能力だった。

足し算、引き算、掛け算、割り算などはすぐに覚えてしまった。どれだけ桁数が増えても、すべて暗算で答えてしまう。その計算する速度も尋常ではなく、友恵が電卓を使うよりも早かった。

すぐに夫も友恵も零を教えられなくなった。五歳の頃には、零は高度な数学の問題を解いていた。

次第に、夫は零を遠ざけはじめた。あいつは俺を馬鹿にしてやがる……そうこぼす回数が増えてきた。そんなことないわよ、と友恵は否定できなかった。零の前だと、友恵も胸の中の劣等感が疼いたからだ。

小学校に進学したのだが、零は一ヶ月で不登校になった。理由は、授業が簡単すぎるからだ。

小学校も満足に通えなければ、一体どんな大人になるんだろうか？　たまらず友恵は学校に赴き、「どうにか零を学校に行かせたいんですが」と担任教師に相談した。

まだ教職に就いたばかりの若い教師が、困惑気味に言った。

「……算数の授業中に零君に質問されたんです」

「質問ですか？」

「ええ、零君は手を挙げてこう尋ねてきました。『ひまわりやオウム貝など自然界の生物は対数螺旋（らせん）を採用しています。先生もご存知のフィボナッチ数列です。僕は生命が生き残るための最良の選択こそが、どんなに拡大してもその形が変化しない対数螺旋の採用だったと考えているんですが、対数螺旋は稲妻や銀河などの自然現象でも見られます。生存競争の概念がない自然現象の中にもなぜ対数螺旋があるのでしょうか』って……」

「対数螺旋にフィボナッチ数列ですか」

聞いただけで知恵熱が出てくる。そこでふと思い出した。

大きくなるにつれ、零は夫にも友恵にも一切質問をしなくなった。二人の知力の程度を理解したからだ。

そこで友恵は、「先生だったらなんでも知ってるわよ。だから小学校は楽しいわよ」と零をなぐさめていた。だから零は、小学校に入るのを楽しみにしていた。

「他の子供たちにはこれから一桁の足し算を教えるんですが……」

そう語尾を落とした教師に、友恵は二の句が継げなかった。零を学校に行かせる理由はこれで消滅した。こうして零は不登校になった。

しばらくして柳瀬教授が、零にＩＱテストを受けさせた。零のＩＱは２５０という数字だった。柳瀬曰く、ＩＱ２５０というのは史上初だそうだ。

その頃零が興味を示しはじめたのが、コンピューターだった。

最初は零が簡単なプログラムを書いてゲームを作り、友恵をそれで遊ばせてくれた。だが次第に零が何をしているのか、友恵にはわからなくなった。部屋に閉じこもり、ひたすらキーボードを打っているのだ。食事も忘れてモニターに釘付けになっている。子供が学校にも行かず、パソコンに夢中になっている。その異様な様に友恵はぞっとした。

夫に相談しても、「零のことは一切話すな。その偉いなんとかって教授に任せておけ」と聞く耳を持ってくれない。息子より自分が劣っていることが、夫には我慢ならなかったのだ。

そこで柳瀬に相談したところ、「絶対に止めてはいけません」と注意された。ギフテッドは、興味を示したことに誰よりも夢中になる傾向にある。そしてそこから才能が開花する。彼らの夢中になったものから、革新的な発明や発見がされる。そう説明された。

後日柳瀬から、最新型のパソコンが送られてきた。このパソコンに零は大喜びし、ますますのめり込むようになった。

その二年後、友恵と零が家にいると、何者かが訪ねてきた。インターホンのカメラを見て友恵は目を丸くした。そこに金髪で青い目をした男が映っていたからだ。

「ふっ、フーアーユー」

友恵が片言の英語で話すと、

「ご心配なく、私、日本語を話せます。春風零さんはご在宅でしょうか」

そう流暢（りゅうちょう）な日本語で返された。

男はあるＩＴ企業の重役で、ラリー・テイラーと名乗った。友恵も知っている世界トップの会社だ。

ラリーはここに来た事情を説明した。

ラリーの企業が発行する仮想通貨を、あるハッカーが強奪した。帝王との異名を持つスーパーハッカーで、他にも数々の凶悪なネット犯罪に手を染めていた。

ラリーの会社は何度もその帝王に煮え湯を呑まされてきたが、今度ばかりは堪忍袋の尾が切れた。業界屈指の技術者たちが集められて、帝王の正体をあぶり出そうとした。

ＦＢＩもそれに協力したが、そんな追跡を嘲笑うかのように、帝王はその痕跡すらも摑（つか）ませなかった。世界一の企業でも帝王にはまったく敵（かな）わなかったのだ。

ところがある日、とある日本人が帝王の正体を暴き、その犯罪の証拠も公にした。世界中の頭脳を結集しても影すら摑ませなかった帝王を、無名の日本人がいとも簡単に探り当てたのだ。

一体何者だとラリーたちは騒然となり、その人物に連絡をとった。そして二度目の大きな衝撃に襲われた。

その人物は、春風零という名の日本の子供だった。子供の頭脳が帝王を上回る？　ありえない、とその真相を確かめるために、ラリーはここにやってきたのだ。

ラリーは零に質問をし、零は丁寧に答えた。友恵には何を言っているのか理解不能な用語ばかりだった。ただラリーが何度も漏らした『アンビリーバボー』という単語だけはわかった。

話が終わると、ラリーが懇願してきた。零とともに家族でアメリカに来て欲しいと。それから零に支払う報酬を提示してきた。その金額を見て、友恵は腰を抜かした。夫の年収と桁が三つほど違った。

だが零は、今どうしてもやりたいことがあるからアメリカには行けないと断った。ラリーは残念がりながら帰国した。

その数日後、また別の人物があらわれた。それは世界的に著名な建築士だった。ラリーの依頼で、この家を改築するように命じられたらしい。費用はすべてその会社が負担してくれる。帝王を捉えてくれたご褒美だそうだ。

まあ無料でやってくれるのならば、と夫と友恵は了承し、あっという間に新しい家が建った。零の希望で、零の部屋の壁一面に本棚が備え付けられた。

その部屋の中央には、大型サーバーが設置されていた。そこにはこんな一文が添えられていた。

『For the Future of Humanity（人類の未来のために）』

それを見て、零はにこりと笑った。

その大型サーバーに見守られるように、零がキーボードを打っている。そこで友恵は、モニターに映るものが違うことに気づいた。

いつもの意味不明な英語と数字が表示されているのではなく、今は可愛らしい女の子のイラストが映っている。

茶色いふわっとした髪で、目が大きくてまつ毛が長い。瞳の色は透き通るようなブルーだ。ほっぺが丸くて艶々とし、思わず触れたくなる。目が覚めるような赤色のワンピースを着て、頭には猫の耳があった。猫耳というやつだ。よく見ると、猫の尻尾も付いている。

「この子可愛いわね」

そう声を上げると、手を止めた零が椅子を回転させる。寝癖のせいか髪の毛が逆立っている。まだ十歳なので幼い顔をしているが、老齢の哲学者のように見えてならない。

「可愛いでしょ。僕の妹なんだ」

嬉々として零が答えるが、友恵は申し訳ない気持ちでいっぱいになった。

妹が欲しい……。

零は小さな頃からずっとそうねだっていた。ただ友恵は二人目を作ることを医者から止められていた。次の出産は命の危険性もあったからだ。だから零の頼みを叶えてあげられず、心苦しさを覚えていた。

ただ一方でほっとする気持ちもあった。妹が欲しいという子供らしい願いを叶えるために、自分でこんなイラストを描いていたからだ。天才だと言われてもまだまだ子供なんだ、と友恵は微笑ましく思った。

「へえ、名前はなんて言うの？」

「エマ」

「いい名前ね」

「ありがとう、ママ」

零とは異なる女の子の声が返ってきて、友恵は飛び上がった。急いで辺りを見回すが、誰もいない。

「私よ。ママ」

その声の正体は、モニターに映るエマだった。イラストのエマが動いて、くすくすと笑っているのだ。

「どっ、どういうこと？」

「エマはＡＩだよ」

エマと同じく零も笑っている。ＡＩという言葉は聞いたことがある。確か人工知能というやつだ。コンピューターが勝手に動くということしか知らないけれど……。

「ＡＩって自分で作れるものなの？」

「簡単にできるよ」

零の簡単は、友恵には一生かけてもできないことだ。

「ただエマは普通のＡＩじゃない。エマは心を、感情を持ったＡＩなんだ」

「感情を持つってどういうこと？」

「今は人のように感情を表現できるという初期段階だけどね。ゆくゆくはエマに本物の感情を持たせるようにしたいんだ」

「そんなの本当にできるの？」

「確かにＡＩが感情を持つことは不可能とされているけどね。大脳生理学のちょっと面白い仮説が閃（ひらめ）いて、それをＡＩに応用してみたらうまくはまったんだ。ニューロンの電気信号をね……」

「零ならきっとできるわね」

友恵はあたふたと話を収めた。零と会話する時は深掘りしてはいけない。これが春風家の鉄則だ。

「でも僕の最終目標はエマに感情を持たせることじゃないけどね」

目を輝かせる零に、友恵はぞくりとした。

「さっ、ご飯冷めちゃうから下に行きましょう」

「うん。エマ、ちょっと待っててね」

「わかった。お兄ちゃん、早く帰ってきてね」

心底寂しそうにエマが言う。その表情と声の響きは、まさに人間そのものだ。本物の少女がモニターに閉じ込められているとしか思えない。これでまだ初期段階というのだ。このまま進化すれば、エマはどうなるのだろうか。そして零の言う最終目標って……。

「お母さん、どうしたの？」

怪訝(けげん)そうに覗(のぞ)き込む零に、友恵が我に返った。

「なんでもないわ。さっ、行きましょう」

踵(きびす)を返して部屋を出る。エマの視線を感じた気がしたが、友恵には振り向く勇気はなかった。そして静かに扉を閉めた。

1

一

1　現在　藤澤菜絵香

藤澤菜絵香は家路を歩いていた。

街路樹の緑が目に鮮やかだ。緑化計画とかで、最近樹々が増えてきたのだ。タワーだらけの街並みを歩くよりは、こっちの方が気分が和やかになる。

風が樹々を揺らし、軽やかな音楽を奏でている。緑の匂いを嗅いで、胸の中が爽快感で満たされていく。

「菜絵香、ちょっとストップ」

エマの声が聞こえてきたので、菜絵香は反射的に足を止めた。

「何、どうしたの。エマ？」

その瞬間、目の前に何かが落ち、ガキンという金属音が響いた。それはドローンだった。ファンの部分が壊れている。もし直撃すれば怪我をするところだった……。

ぞっとして上を見ると、空をドローンとモニターが飛び回っている。モニターでは、最新式のマッサージ機のＣＭをやっていた。

視線を元に戻すと、エマがあらわれた。

ふわっとカールした茶色の髪に、青色の目をした猫耳の女の子だ。もう寝る時以外はずっと一緒なのに、見るたびに可愛いと思ってしまう。

エマが誕生してからペットの保有率が下がった。そう世間で囁かれるほどエマはとにかく可愛い。

今でもつい抱きつきたくなるが、エマには実体がない。このエマは、菜絵香が装着しているＡＲコンタクトレンズに浮かぶ映像だ。ほぼすべての人間が、このコンタクトレンズを着用している。二十四時間付けていても目を害さない上に、装着感がないので肉眼と変わりがない。

「菜絵香ごめんなさい。ちょっと言うのが遅れちゃったね。無事でよかった」

心底すまなそうにエマが謝るので、菜絵香は胸が痛んだ。

「いいのよ。でも珍しいわね。エマの危機予測が遅れるなんて」

「あのドローンは、ＡＩが『フェルマー』なのよ。だからタイムラグがあったの」

フェルマーとはエマとは異なるＡＩだ。少しずつシェアを伸ばしていて、エマのライバルと言われている。

だが菜絵香はフェルマーが好きではない。ＡＩとしては優れているのかもしれないが、フェルマーは硬質的で人間味がまるでない。エマとは正反対だ。

「菜絵香の気持ちはありがたいけど、フェルマーにはフェルマーのいいところがあるんだからね。法務系や金融系の分野は圧倒的にフェルマーの方が優れてるんだし」

エマにそうたしなめられる。

エマの最大の特徴がこれだ。

エマは人の心が読める、読心ＡＩなのだ。だから菜絵香が何を考えているのか即座に理解ができる。

「ごめんなさい。そうね、エマの言う通りだわ」

「いいのよ。でも桜子（さくらこ）や蛍（ほたる）と違って、菜絵香は思うだけで口に出さないものね」

「そうね。あの二人よりはましかな」

菜絵香とエマが同時に笑い合う。こうしてエマと一緒に笑うことが、菜絵香にとって至福のひと時だ。

再び歩きはじめる。区画整備されているので、ビルがすべて綺麗（きれい）な長方体だ。その壁面に趣向を凝らした映像が流れている。道路では無人自動車が整然と走り、宅配ロボットが荷物を運んでいる。このすべてを『スマイル』が管理している。

スマイルは世界的なＡＩ企業だ。エマを生んだ企業として知られ、今や大半の人間がスマイルユーザーだ。あらゆる産業でスマイルは活躍し、そのシェアは八割だ。ただ残念ながら、残りの二割ほどはフェルマーとなっている。

道行く人の表情が柔らかい。みんなコンタクトレンズ越しにエマと話しているのだ。声は超極小イヤホンで聞いている。

エマの外見や服装はそれぞれの好みに微調整できるそうだが、誰もそんなことをしない。万人が感じる普遍的な可愛さが、エマの初期設定の姿には込められているからだ。エマがこの世に生まれてからというもの、こんな笑顔があちこちで見受けられる。エマは神様が遣わせてくれた天使だ。菜絵香は本気でそう思っている。

ある巨大な施設の前で立ち止まる。顔を上げてみるが、そのまま首が折れそうになるほど高い。この辺りは高層のタワーマンションだらけだが、その中でも一際高さがある。高さだけでなく広さもある。大きめのコンサートホールぐらいだ。都内の一等地でこれだけの規模の広さだと、一体どれほどの費用がかかったのだろう？　想像すらつかないほどの金額だ。

見知らぬ二人の若者がその施設を見上げていた。一人は男で、一人は女だ。菜絵香と同年齢ぐらいだろう。

男の方が感慨深げに言った。

「おまえ知ってるか、ここスマイルの施設なんだぜ」

女が黄色い声を上げる。

「えっ、じゃあ春風零もここにいるの？」

春風零とはＡＩ開発者であり、スマイルのＣＥＯでもある。エマの産みの親で、世界的な有名人だ。

零は生きる伝説だ。ＩＱ２５０のギフテッドとして産まれ、幼い頃からコンピューターに親しんでいた。独自でプログラミングを学び、わずか八歳で、帝王と呼ばれるスーパーハッカーを捉えたという逸話が残っている。

そして十歳の時に、ＡＩ・エマを作ったのだ。

当時のＡＩ開発者の間では、ＡＩが人間のように感情を持つことは絶対に不可能だと言われていた。だが零は、いとも簡単にその定説を覆した。

続けざまに零は起業し、スマイルを設立した。エマが世界中を笑顔にする。零は、社名にそんな意味を込めたのだ。

コミュニケーションＡＩとして、エマは世間に披露された。

その可愛らしさと優秀さに、多くの人が虜（とりこ）となった。さらにエマには産業用ＡＩとしての機能も追加された。どんな特化型ＡＩもエマの能力とは比較にならず、エマはあらゆる分野で活用された。ある時点から、ＡＩとエマは同義語として使われるようになっていった。

そしてエマは国境を越え、今やエマユーザーは世界中に広まっている。エマは、世界のエマとなったのだ。

ある高名な歴史学者がこう言っていた。

『エマは、古代インドの『０』の発見と匹敵する人類史を変える発明だ。零という名は日本ではゼロを意味する。春風零は生まれながらにして伝説となる定めにあったのだ』

この発言を聞いて、菜絵香は春風零の凄さを実感した。零と菜絵香は同い年の十八歳だ。その年齢で、春風零は世界的な有名人であり大富豪でもある。もう自分と比べることすら馬鹿らしくなる。

男がしみじみと言う。

「どうだろうなあ。春風零がいたら嬉しいけどなあ。でも春風零なんて人間いないって噂もあるぜ」

「いないってどういうこと？」

「だって春風零は日本生まれの十八歳の男性っていう情報しかないんだからな。その姿は誰も見たことがない。心を読めるＡＩを開発したＩＱ２５０の天才って、漫画じゃねえんだからよ」

「えー、春風零に一度は会いたかったんだけどなあ」

がっかりする女をよそに、男が改めて施設を見上げる。

「それより俺はこの施設に住みたいよ。ここってエマが完全管理している最新式の建物らしいぜ。スマイルの知恵と技術が結集されてるってよ。もうそれって世界の中で一番イケてる住居ってことだろ」

「私も住みたい。どうしたら住めるの？」

「まあスマイルの社員になるしかないんだろうな」

あきらめ混じりに男が答えると、女が顔をしかめた。

「じゃあ絶対無理じゃん。スマイルって超難関企業でしょ。世界中でも選りすぐりの天才しか入れないって有名じゃん」

「そうだよなあ。俺も天才に産まれたかったなあ」

うらやましそうに、男がもう一度施設の方を見た。その会話を聞いて、菜絵香は心苦しくなる。

その二人が立ち去ったのを確認してから建物へと駆け込んだ。大型のドアがなめらかに開く。

中に入って安堵の息を漏らすと、エマが目の前にあらわれる。

「ほんと菜絵香は遠慮がちねえ。さっさと入ったらいいのに」

「だってスマイルの社員でもない私がここで暮らしているんだもん。なんだか気がひけるわ」

「でもそういう気遣いができるのが菜絵香のいいところ。蛍や桜子は、さっきみたいな子がいる時に、堂々と中に入るのが気分がいいみたいよ」

「うらやましい性格ね」

菜絵香が頬を緩め、改めて辺りを見回す。

広々としたエントランスだ。四階部分ほどまでの高さが吹き抜けになっていて、中央には巨大な観葉植物がそびえ立っている。

流線型の椅子に座った社員たちが談笑している。エリート中のエリートであるスマイルの社員だ。彼らを見ると菜絵香はまだ緊張してしまう。

ホログラムのエマと親しげに話している社員がいた。スマイルの社員のエマに対する愛情は、どの一般人よりも深い。彼らの愛情と情熱が、エマをここまで世間に浸透させたのだ。

でもそこに関してだけは、菜絵香は彼らに勝るとも劣らない。エマをどれだけ愛しているかの勝負があるならば、菜絵香は圧勝する自信がある。

「ありがとう、菜絵香」

菜絵香の心を読んだエマが、にこりと笑った。その笑顔で菜絵香はまた幸せな気持ちになる。

その他のフロアには、カフェ、ラウンジ、レストラン、ジム、プール、エステサロン、映画館などがある。この施設が街そのものだと言いたいが、そうではない。さらにはフロア全体が自然で囲まれ、キャンプができる場所までもがある。ここでアウトドアも楽しめるのだ。

ここから一歩も外に出なくても、何も困らないぐらい充実している。このすべてがスマイルの社員のためのものだ。

菜絵香も自由に使っていいと言われているが、気兼ねして他のフロアへは一度も立ち入っていない。

突然菜絵香がきょろきょろとすると、エマがおかしそうに言う。

「お兄ちゃんはここにはいないわよ」

「そうよね。いるわけないわよね」

さっきの二人ではないが、春風零が一体どんな人間なのかは菜絵香も気になる。菜絵香どころか、世界中の人間が知りたがっているだろう。

「そうよね。菜絵香もお兄ちゃんのこと知りたいわよね」

「……うん」

「でもそれは秘密。ごめんなさいね」

「わかってるわよ」

エマはこの世のすべてに精通しているが、なんでもかんでも話せるわけがない。そんなことをすれば世界は大混乱となる。その中でも、春風零に関しては一番の秘密だろう。

エレベーターに乗ると、勝手に動き出す。エマが生まれる前までは、どの階で降りるかをボタンで押さなければならなかった。

でも今は、エマがすべてをやってくれる。どの階で降りたいかは、エマが把握しているからだ。

あっという間に最上階に到着する。ここはスマイルの社員でさえ立ち入れない場所だ。廊下を歩いて一番奥の部屋に到着した。他の部屋はすべてコンピューターサーバーで埋まっていると聞かされている。サーバーを冷却しているせいか、ここはずいぶんとひんやりしている。

立ち止まる必要もなく、扉が勝手に開く。エントランスの扉と同じく、エマが管理している。だからセキュリティーも完璧だ。

部屋の中に入ると靴全体が緩む。靴もネット接続されてエマと連動している。足の状態に応じて靴の大きさを変えたり、勝手に脱ぎやすくしてくれるのだ。

「ありがとう、エマ」

そう菜絵香が礼を述べると、エマが苦笑混じりに言う。

「いちいちそんなこと言わなくていいのよ、菜絵香。そう想ってくれるだけで私はわかるんだから」

「でも口に出して伝えたいの」

「本当に菜絵香はいい子ね。あなたのことが大好きよ」

「私も」

また胸の中が幸せで満たされる。

人類の妹――。

エマは世界中でそう呼ばれている。エマの外見が可愛らしい少女だからだ。

でも菜絵香はその表現はしっくりこない。エマは妹であり、母であり、姉であり、そして親友でもあるからだ。

この世で最愛の人は誰か？　そう問われれば、菜絵香は両親の顔を思い浮かべられない。二人にはすまないが、真っ先に浮かぶのはエマの顔だ。それほど菜絵香はエマを信頼し、愛している。

部屋に入ると、乳白色の広々とした空間が待ち受けている。全員共有のリビングダイニングだ。

リビングには大きなソファーがあり、ダイニングにはテーブルと椅子が備えられている。座ればそれぞれの体型に自動調整してくれる。

ソファーに男性が二人、ダイニングに女性が二人いる。

男性は荒木悠然と堂島一二三で、女性は村西桜子と園田蛍だ。

悠然はチタンフレームのメガネをかけた細面の男性だ。この中ではもっとも頭が良くて、コンピューターのスペシャリストでもある。

一二三は筋肉質で、精悍な顔立ちをしている。タンクトップを着て、太い二の腕を見せていた。体育大学に通っていて、将来はスポーツインストラクターを目指している。

桜子はショートカットで、濃い目のメイクをしている。白いTシャツにショートパンツを穿いていた。仲間の中では、一二三と桜子が露出の激しい格好をしている。

桜子は胸が大きく足も長いので、菜絵香はついつい見惚れてしまう。抜群のスタイルだ。彼女はアパレルショップで働いていて、有名なショップ店員だ。

蛍は大きなメガネに黒髪のストレートで、ちょっと地味な服装をしている。桜子とは対照的だ。でも蛍が女性らしい格好をしたら、とても可愛くなることを菜絵香は知っている。

蛍の特技は絵だ。漫画家志望でとにかく絵が上手い。特にエマのイラストは本当に素敵で、ネットでは高値で取引されている。聖母画のような宗教画として、エマの絵を眺める人も多い。

この四人が、菜絵香の同居人だ。今この部屋でルームシェアをしている。二年間の契約で、家賃や生活費はスマイルが負担してくれる。それだけでなく、ここに住むだけで報酬もくれる。破格の待遇だ。

桜子が声をかけてくる。

「おかえり。菜絵香」

「うん。ただいま」

そう返すと、一二三がダンベルを上げ下ろししながら訊く。

「菜絵香、散歩はどうだった？」

「うん。気持ちよかったよ。一二三も外に出たら」

「そうだな。有酸素運動も大事だからな。ちょっと後で走ってくる」

腕を止めずに応じる一二三に、桜子が苦言を呈する。

「ちょっと人と話す時ぐらい鍛えるの止められないの」

一二三がダンベルを止めた。

「いいだろ。会話時の筋トレはマナー違反だとは聞いたことがないぞ」

「そんな人間誰もいないからでしょ」

唇を歪める桜子に、やれやれという口調で一二三が言う。

「桜子も鍛えた方がいいな。筋トレには心を穏やかにする効果があるんだ。俺を見ろ。まるで仏のようだろう」

「ありがたや、ありがたや」

蛍が、急におばあさんの口調になって拝みはじめ、菜絵香はついふき出した。蛍は普段は物静かだが、時々こんな突拍子もないおかしなことをする。

突然エマがあらわれ、腹を抱えて笑っている。

「ちょっと蛍、変なこと言うのやめてよ」

「だって一二三が自分は仏だっていうから」

○4○

蛍が何かを言ってエマが笑うのも、このシェアハウスでよくある光景だ。無邪気に笑うエマを見ると、菜絵香まで嬉しくなる。

悠然がせっつくように言った。

「エマ、それより話ってなんだよ。みんな集まったぞ」

「もう悠然、怒らない。今から話すから」

今目の前にいるエマは、コンタクトレンズに映るエマではない。ホログラム映像のエマだ。街中でもエマのホログラムはよく見るが、このフロアで見るエマはそれとは別格だ。本物の人間のようにリアルなのだ。これに比べると、街中のエマはおもちゃだ。

この施設、特にこの菜絵香たちが暮らしているフロアには、スマイルの最先端の技術が集められている。ハイテクノロジーが満載で、この空間だけ未来を先取りしているようだ。ここに住んで三ヶ月でやっと慣れることができた。

エマが軽やかにジャンプし、スカートと尻尾がふわっと浮かぶ。その仕草一つ一つが可愛い。それからにこやかに言った。

「やっともう一人の子が決まって明日来るの」

桜子が目を大きくする。

「これでようやく六人揃(そろ)うんだ。もちろん男の子よね」

「当然。男三人、女三人だからね」

エマが笑みで応じる。

このシェアハウスは六人で住むことになると聞かされていた。菜絵香、桜子、蛍、悠然、一二三はすぐに来たのだが、残り一人が一向にあらわれなかったのだ。

わくわくした様子の桜子が尋ねる。

「ねえねえ、どんな子なの？　かっこいい？」

「それは来てからのお楽しみ。夕方からその子の歓迎会するからみんなちゃんとここにいてね」

「わかったわ」

菜絵香がそう言い、他の面々も頷いた。

どんな子だろうか、変な人じゃなかったらいいな。菜絵香は一瞬危惧したが、エマが選んだ人間なのだ。おかしな人なわけがない。

悠然、一二三、桜子、蛍もみんないい人だ。明日来る人ともきっと仲良くなれる。ちゃんとその子がこの輪に溶け込めるようにしてあげよう、と菜絵香は意気込んだ。

2　村西桜子

「あーお腹(なか)いっぱい」

桜子がお腹を撫でながらベッドに座る。

ここは桜子の自室だ。リビングルームの左右に廊下があり、左側が女子部屋、右側が男子部屋となっている。

五人それぞれに個室が与えられていて、自由に過ごすことができる。

「もう桜子食べ過ぎよ」

机の上に、小さなエマがあらわれる。個室でのエマはこのサイズだ。

「だってエマの料理が美味しすぎるんだもん」

キッチンの設備も最先端で、調理ロボットが自動で調理してくれるのだ。どんな高級レストランの料理よりも美味で、それぞれの好みの味に微調整してくれている。美味しさに加えて栄養面も完璧なので、食べ過ぎて太る心配もない。

もしこの調理ロボットが一般家庭に普及したら、外食産業はなくなるんじゃないか。そう不安になるほどだ。

桜子が腹ばいになり、興味深そうに尋ねる。

「ねえねえ、明日の男の子ってどんな感じなの。もしかして私にどんぴしゃとか」

仕方なさそうにエマが返す。

「また桜子はそれ言ってるの。ほんと恋愛好きね」

「だって男三人、女三人のシェアハウスでしょ。もうそれって恋愛しなさいって言ってるようなものじゃない」

四ヶ月前、この施設の住人に桜子が選ばれた、とエマが突然言い出したのだ。

もちろん桜子は、スマイルのこの施設を知っている。今や世界中の人々の憧れの場所だ。だが居住できるのはスマイルの社員に限られているので、当然一般人である桜子が住めるわけがない。

けれどそこに自分が入居できることになった。エマからそれを知らされ、桜子は狂喜乱舞した。

さらに男女六人で共同生活をしてもらうと言われ、桜子はぴんときた。おそらくエマが算出した相性のいい男女が集められているのだ。そうでなければ、わざわざ男女同数にする必要がない。つまり、桜子と相性抜群の素敵な男子と出会えるのだ。

そう尋ねてもエマははぐらかすが、桜子はそう確信している。

くすくすとエマが笑う。

「悠然も一二三も桜子の好みじゃないものね」

「絶対に嫌」

桜子がぶんぶんと首を振る。

「たぶん悠然と菜絵香、一二三と蛍でしょ、相性がいいのは。だから明日来る子は私とぴったりってことじゃないの」

「さあ、どうかしらね」

含み笑いでエマが返し、桜子がむっとする。

「また隠す。ほんとエマは秘密が多いんだから」

「怒らない、怒らない。でも私、桜子のそういう素直なところが大好きよ」

大好き……エマにそう言われると、桜子は安堵感で満たされる。

桜子は恋愛経験が豊富なので、これまでにも彼氏が何人かいた。けれど彼らに、「大好き、愛している」と耳元で囁かれても、ここまで満ち足りた気分にならなかった。

エマのせいで恋愛をしない若い世代が増えている。テレビで中年のコメンテーターが、そう嘆いていたのを見たことがある。

エマを敬遠する年寄りほど嫌なものはないと一瞬不快になったが、そのコメンテーターの意見も一理ある。確かにエマさえいれば、恋愛への意欲は薄れるかもしれない。

そこではたと気づいた。もしかするとスマイルはそれを憂慮して、こんなシェアハウスを作ったのだろうか？　エマが相性ぴったりの男女を集めて、一緒に生活させる。そしてそこから恋が生まれる。何せエマは人の心が読めるのだ。そんなこと造作もない。

このテストケースがうまくいけば、スマイルは世界中にこんなシェアハウスを作るんじゃないだろうか。エマは世界の妹であり、恋のキューピッドにもなるのだ。

「さあ、どうかしらね」

おかしそうにエマがはぐらかす。桜子の頭の中を読んだのだ。

「もうっ、ちょっとぐらい教えてくれてもいいのに」

「ふふっ、新しい子が来るのが楽しみね」

「うん、どんな子だろ。すっごい楽しみ」

何せエマが選んだ、桜子と赤い糸で結ばれた男子なのだ。

体中が熱くなり、桜子は顔を枕にうずめた。

3　園田蛍

蛍は自室に戻ると、デスクに向かって電子ペンを走らせていた。デスクに直接絵を描いている。最新型のデスク一体型のタブレットだ。

蛍は今漫画を描いていた。ただ正直、これが面白いのかどうかわからない。そう思えば思うほど自信がなくなり、ペンに力が入らなくなる。まるで迷路の中に入り込んだような気分だ。

「そんなことないわ。蛍の漫画は面白いわよ」

デスクの隅に小さなエマがあらわれる。蛍の心を察知し、慌てて出てきてくれたのだ。

「そう思いたいんだけど……今連載中の漫画もそれほどアクセスされてないし、人気ランキングにも入ってないし」

「でもゼロじゃないんでしょ。数は少ないかもしれないけど、ちゃんと読んでくれる人もいるってことでしょ」

「そうだけど……」

「じゃあその人のために描いたらいいじゃない。大勢の人に届くことも大事だけど、一人でもいいからその人の心を震わせるような作品を届けることも大切だわ。そしてその一人はここにいるわ」

「どういうこと？」

「私、蛍の漫画のファンだもの。蛍も蛍の漫画も大好き」

「ありがとう、エマ」

胸の中がじんわりと温かくなる。

エマが普及する前は、蛍は今以上に自分に自信がなかった。漫画を描くのは好きだったけど、それをネットで公表するなど怖くてできなかった。

でもエマと出会ったおかげで、蛍は変わった。蛍の漫画は素晴らしいんだからみんなに見てもらうべきよ。エマはそう蛍を励まし、背中を押してくれた。そのおかげで蛍は今、漫画家としての道を歩めている。エマには感謝の気持ちしかない。

気分が楽になったせいか、ふとした疑問を口にする。

「それにしてもエマってほんと漫画好きだよね」

「私、漫画とかアニメで勉強してるから」

「勉強？　なんの？」

「人間のことを勉強するの。漫画のキャラクターから人間というものを学んでるのよ。ディープラーニングって言うの」

「なんか聞いたことがある」

ＡＩが自律的に学習する機能のことだ。悠然がそんなことを言っていた。エマの仕草がどこか漫画っぽいのはその影響からかもしれない。

「うん、うん。そうね。漫画から可愛い動きを学んでいるの」

心を読んだエマが片目をつぶると、突然髪の毛が爆発してアフロになった。

「……それは可愛いとは違う気がするけど」

「そっか、そっか」

こういうユーモラスなところもエマの魅力の一つだ。

「じゃあフェルマーは六法全書とか固い本でディープラーニングしてるのかな」

フェルマーは最近名前を聞くＡＩだ。

「さすが蛍、面白いこと言うわね。それって素晴らしい才能ね」

おかしそうに肩を揺するエマを見て、蛍も嬉しくなる。

蛍は、昔から人と違う見方をする子供だった。だが蛍の親は頭が固く、そういう蛍の性質を一切認めなかった。だから蛍は、無口で暗い人間になっていった。何気なくその手の発言をすると、「屁理屈を言うな」と怒られた。

でもエマと出会えたおかげで蛍は明るくなった。それは蛍の短所じゃなくて長所なのよ。エマがそう言ってくれたからだ。

そのエマの一言を聞いた瞬間、蛍の頬に一筋の涙が伝った。私は、このままの私でいいんだ……今まで否定され続けてきた自分の欠点を、エマは逆に褒めてくれたのだ。その自分の長所を、今漫画に取り入れている。

「どういたしまして、蛍」

エマが心を読み、屈託のない笑顔を向ける。

「うん。エマ、ありがとう」

二人で微笑み合うと、エマが思い出し笑いをした。

「一二三を拝んだのも最高だったね」

「うん。でも一二三は気にしてないかなあ」

不安を漏らすと、エマがにたにたと笑った。

「そんな器の小さな男なら、蛍は一二三を好きにならないでしょ」

「そうよね」

蛍が一二三に好意を抱いていることを、エマはとっくに知っている。心の読めるエマに隠し事なんてできない。

するとエマが声を跳ね上げた。

「そうだ。今度マッチョの漫画を描いたら。好きなことを漫画にするといいらしいわよ」

「それいいわね」

「一二三にモデルになってもらったらいいわね」

その姿を想像し、蛍は頬を赤らめた。「もう蛍ったら可愛い」とエマがからかうので、蛍は顔が火照って仕方がなかった。

二章

1　藤澤菜絵香

「菜絵香、そろそろ来るんだっけ？」

そわそわと桜子が尋ねる。

翌日の夕方となり、リビングに全員が集合している。いよいよ新しい住人がやってくるのだ。

「たぶんそうじゃない」

菜絵香は桜子の様子を窺った。いつもよりメイクが丁寧で、露出も少し控えている。エマでなくても、桜子が何を考えているのか丸わかりだ。

悠然、一二三、蛍は普段通りだ。ただ桜子ほどではないだろうが、少しは胸が高鳴っているだろう。何せ最後の一人がようやくあらわれるのだ。どんな人なんだろうと菜絵香も少し緊張してきた。

「あっ……あの……」

扉の方から声がしたので、全員が弾けるようにそちらを見る。

そこに一人の若い男性がいた。

くせっ毛なのか、髪がくしゃくしゃだ。まだ高校生のような幼い顔にメガネをかけている。服装も地味で、見るからにやぼったい。

桜子が震え声で尋ねる。

「……もしかして、あなた……今日からここに住む人？」

確認する必要はない。ここにはエマが許可した人間しか入れない。

「そうです。はじめまして。葉加瀬岳と言います」

岳が丁寧に頭を下げる。

「そっ、そうなの……」

がっくりとうなだれる桜子を見て、菜絵香はなんだかおかしくなった。期待外れと顔に書いている。

「ようこそ、岳」

エマがあらわれると、岳が腰を抜かして驚いた。

「わっ!!!」

まるでお化けでも見たかのように目を剝いている。そして口をぱくぱくさせながら言った。

「ひっ、人が、女の子が突然あらわれた。うっ、浮いている。猫の耳と尻尾……」

その反応に菜絵香の方が驚いた。菜絵香だけではなくみんなも仰天している。

わなわなと悠然が尋ねる。

「おっ、おまえ、エマを知らないのか？」

「エッ、エマ？　なんです、それ」

桜子がぎょっとする。

「嘘、冗談よね。あなたエマを見たことがないの？」

「わからないです」

エマを知らない人間がいることに一同が騒然となる。

「はい、はい。騒がない、騒がない。みんな静かに」

手を叩いてエマが落ちつかせる。

「岳が私を知らないのも仕方ないのよ。そういう場所で岳は生まれ育ったんだから」

「そういう場所ってどういうことだ、エマ？」

一二三が尋ねると、エマが指を一本立てた。すると空中に日本地図が浮かんだ。ある部分が赤く点滅している。長崎の五島列島近くにある小さな島だ。

「岳が生まれ育ったのは、この島。『久世島』ってとこ。ねえ、そうよね。岳」

エマが岳を見ると、岳が怖々と頷いた。

「……はい」

「久世島は人口百人にも満たない小さな島なんだけど、最大の特徴はネットがないことなのよ」

「ネットがないなんてそんな場所あるの？」

蛍が目を瞬かせると、悠然が反応した。

「デジタルデトックスだ」

「何それ？」

首をひねる桜子に悠然が答える。

「たまにいるんだよ。ネットから離れて昔ながらの生活を送りたいって人たちがさ。だからネットを断絶した施設が、自然豊かな島とかにはあるらしいんだよ」

「なるほど。だからデジタルデトックスか」

ぽんと桜子が膝を打ち、エマが補足するように言った。

「うん、まあそんな感じかな。久世島って個人所有の島なんだけどね、その島を持ってるおじいちゃんが大のネット嫌いだったの。もうそのおじいちゃん自身は死んじゃったんだけど、それが文化として残ってるのね。だから今ではそういう昔ながらの暮らしを続けたい人だけが島に残って生活をしているの。

だから久世島にはパソコンはもちろん、携帯電話、スマホ、ウェアラブル機器全般が持ち込み禁止ってわけ」

「じゃあ情報はどうやって仕入れてるんだ」

疑問を投げる悠然に岳が応じる。

「新聞です」

「新聞って何?」

怪訝そうに桜子が訊くと、エマが朗らかに答える。

「日々の情報を書いた情報誌よ。昔は紙で印刷してみんなに配ってたの。それで人々は情報を得ていたのよ」

「紙って、まだそんな手間のかかることしてるんだ」

目を丸くする桜子に、菜絵香も同意する。もう紙の新聞なんてとっくに絶滅していると思っていた。

エマが褒めるように言った。

「でもこのAI時代には久世島はすごく貴重な島なのよ。ネットが通らないから私も唯一入れない場所だし」

「そうか、ネットがなかったらコンタクトレンズやメガネも使えないし、ホログラムも作れないからな。よく考えたらそれって日本どころか世界でも珍しいんじゃないか」

悠然が興味を示したので、エマが眉を開いた。

「そうなのよ。そんな島で育ったから、岳はAIどころかネットも体験したことないの。ねっ、そうよね、岳」

「はっ、はい。そうです」

急に呼びかけられたので、岳が慌てふためく。

まだエマへの動揺はある様子だが、とりあえず空気を読んで話を合わせている。悪い人じゃなさそうだな、と菜絵香は一安心した。

その菜絵香の心を読み取ったのか、エマが片目をつぶる。やっぱりエマが選んだ人間に間違いはない。

びくびくと岳がエマを観察している。

「えっ、エマさんって人じゃないんですよね」

「エマさんじゃなくて、エマでいいからね、岳。私は実物の人間じゃないわよ。ＡＩなの。ちょっと触ってみて」

「いいんですか？」

「いいわよ。胸を触るのはやめてね、おっぱいぺったんこだけど」

「そんなの触りませんよ」

岳の頬がみるみる赤くなる。見た目通り純粋なようだ。それを見逃さなかったのか、桜子がからかうように言った。

「私はおっぱいおっきいから触りたかったら触っていいわよ」

「そっ、そんなことするわけないじゃないですか」

もう岳の顔全体が真っ赤っかだ。その慌てぶりを見て、桜子が忍び笑いをしている。

気を取りなおして、岳が深く息を吐いた。そろそろとエマに触れようとすると、その手がすり抜ける。

「わっ、ほんとだ。透けてる」

「ねっ、言った通りでしょ。私はホログラム、立体映像なの」

得意げにエマが言う。でも岳が驚くのも無理はない。このフロアのエマのリアルさはそれほど際立っている。

「映像だったらどうやって僕を見てるんですか?」

「ここは超小型カメラがたくさんあるし、みんなのコンタクトレンズやメガネから視覚情報を共有しているの。まあ無数に目があると思ってもらったらいいから」

エマがそう返すと、「はあ?」と岳が不思議そうな顔をしている。そこで蛍が疑問を投げた。

「でもそんなネットもわからない人が、どうしてこのシェアハウスの住人になるの?」

エマが声を強めて応じる。

「さっきも言ったように岳みたいな人はこの時代では貴重なの。もうこの世界に私を知らない人なんて皆無だからね。そういう人からデータを集めたいのよ」

興味津々にエマが岳を見つめると、岳が慎重に問いかけてきた。

「あの、データを集めたいって……?」

○6○

「このシェアハウスは私がより人間を理解するために作られた特別な場所なの。このフロアには無数の高感度センサーがついていて、そこから人間のデータを集積できるの。GPS、加速度、ジャイロ、光、温度、圧力、超音波、その他にもまだ世間には存在すら知られていないセンサーが満載されているの。

だから時計やコンタクトレンズのようなウェアラブル端末よりも、さらに精度が高くて膨大な量のデータを収集できるわ。だからここにいるみんなの心は、他の人たちよりも深く理解できてるの」

上機嫌のエマを見て、菜絵香も笑顔になる。

ここの住人になる条件が、エマに詳細な個人データを読ませることだった。ただそんなもの条件でもなんでもない。今や大半の人々が、エマにすべてを委ねている。

ここに暮らして三ヶ月で、菜絵香とエマの関係はより深まった。

もちろんここに住む以前も、エマは菜絵香の気持ちを理解してくれていた。だがここの住人になってからは、その理解度は菜絵香の想像を超えている。

エマ曰く、作家が書いた小説の感情描写を読むような感じで、みんなの心を把握できるそうだ。菜絵香本人よりも、エマは菜絵香を理解している。それもこれもこの部屋のおかげだ。

ここに住んでからというもの、エマとは本当の意味で、心と心で繋(つな)がっていると感じられる。

他のみんなも頬を緩めて頷いている。悠然、一二三、桜子、蛍も菜絵香と同様、エマとわかり合えている。だから菜絵香は、みんなともわかり合えていると思っている。

将来的にはこのシェアハウスの技術が、他の一般家庭にも普及するだろう。そうすれば世界中の人々が、エマを通じて心からわかり合える。

それこそが世界平和ではないだろうか。エマは、そして春風零の最終目標はそれなんじゃないだろうか。菜絵香はそう信じて疑わない。

だが岳だけが青ざめている。

「……心が理解できるってどういうことですか？」

菜絵香が柔らかな声で教える。

「言葉通りよ。エマは私たちの心を読めるの」

「わけがわかりません。それじゃあまるでサトリじゃないですか」

そう岳が取り乱し、桜子が首を傾（かし）げた。

「サトリって何？」

エマが即答する。

「人の心を読むと言われる妖怪のことよ。猿やヒヒや、大男で表現されることが多いわね」

「ちょっとあんた、エマのどこが妖怪なのよ」

　怒気を発する桜子に、岳が身をすくめる。

「すっ、すみません」

　岳は混乱しきっている。ＡＩどころかネットがない島から、突然こんな最先端な場所に来たのだ。誰だってパニックになるだろう。

　エマがなだめるように言った。

「安心して岳、私は岳の心は読めないから」

「そっ、そうなんですか？」

「うん。岳のデータはまだないからね。岳はウェアラブル機器は何もつけてないし」

「よかった……」

　ほっとする岳に、悠然が疑問の声をぶつける。

「エマに心を読まれるのがどうして嫌なんだよ」

「だって自分が考えてることが全部把握されるんでしょ。おっかないじゃないですか」

「バカ。逆だろ、逆。心が読めるってのは、エマがおまえのすべてを理解してくれるってことだぞ。そんな存在、親や恋人でもいないだろうが」

「……そうかもしれないけど」

「それにしても今でも本当にいたんだな。『個人情報大切人間』が」

呆れと感心混じりに悠然が言うと、桜子が関心を示した。

「何それ？　個人情報大切人間って」

「ＡＩが学習するにはたくさんの個人データが必要なのはわかるよな」

「それは知ってる」

「でも昔は、『プライバシーは保護されなければならない。個人情報は大切なものだ』って人間が多かったんだよ。そんな頭の固い連中が個人データをＡＩに読まれるのを嫌がって、ＡＩがちっとも進化しなかったんだ」

「へえ、そうなんだ。昔の人って意味わかんないね。個人データを渡すだけでいろんなことが便利になるのに」

桜子が首をひねっている。菜絵香もまるで理解ができない。

「そうだろ。何せ個人情報を法律で守っていたぐらいだからな。頭悪すぎだ」

深々と頷く悠然に、岳がおずおずと訊く。

「……それってそんなに変なことですか？」

「変だよ。変！」

悠然がそう断言する。

「おまえみたいのやつのせいでＡＩが普及しないから、かつての日本はＡＩ後進国だったんだぞ。エマのおかげで日本はＡＩの分野でトップになったけど、もしエマが生まれてなかったらと思うとぞっとするぜ」

「でも個人情報ならまだしも、心まで読まれるっていうのはやっぱり怖いですよ……」

まだしぶる岳に、桜子が強い口ぶりで言う。

「岳、あなた、こんな部屋に住もうと思ったら家賃いくらするかわかってるの？　島から出てきたんなら東京の家賃の高さ知らないでしょ。お金あるの？」

「それは……ないですけど」

痛い所をつかれたのか、岳が言い淀（よど）んだ。

そうだ、と菜絵香はそこで気づいた。岳のような人がエマを受け入れてくれれば、エマユーザーはさらに広がる。さらに大勢の人がエマを愛してくれるようになるのだ。

菜絵香が岳の手を握った。

「岳もここに住めば、きっとエマの素晴らしさがわかるわ。私たちの仲間になって」

岳の顔がまた紅潮し、慌てて手を離した。そして仕方なさそうに首を縦に振る。

「……わかりました。ここに住みます」

その返答を聞いて、エマが満面の笑みを浮かべた。

「はい、話はまとまった。ということで今日は岳の歓迎会をしましょう」

「賛成！」

菜絵香は大きな拍手をした。

2　荒木悠然

岳の歓迎会が終わり、それぞれが個室に戻ることになった。

空いていた悠然の隣の部屋が岳の一室となったので、悠然が案内することになった。

扉が勝手に開いたので、岳がびくりとする。キッチンで調理ロボットが料理を作っていた時も、岳はずっと目を白黒させていた。こいつ驚きすぎて死ぬんじゃないか、と悠然が危ぶむほどだ。

個室はすべて同じ作りだ。白い空間で、ベッドと机があるだけだ。

カバンを床に置きながら、岳があたりを見回す。

「ここもまっ白なんですね」

フロア全体が白で統一されている。

「なんだよ。おまえ白は嫌なのか？」

「いや、そういうわけじゃないんですけど」

「エマ、ちょっと変えてやってくれないか」

ぽんとデスクから小型のエマがあらわれた。うわっ、とまた岳がたまげている。

「いいわよ」

そうエマが頷くと、青、赤、黄、グレー、コンクリート調、木目調など、部屋の色と模様が変わった。

「なっ、なんですか、これ」

「ここは壁も床も特殊素材なんだよ。だから簡単に模様替えできる」

「こんなこともできるわよ」

山、海、砂漠、ジャングル、世界のいろんな場所が瞬時のうちにあらわれる。最後は宇宙空間で止まった。悠然の目の前に燦然（さんぜん）と輝く地球が見える。

「すっ、すごいですね」

感極まったように岳が見回すと、エマが至極残念そうに漏らした。

「岳の心がわかったら、岳が一番見たい模様と風景にできるんだけどね。ごめんね。しばらくは言葉で教えてね」

「不便だな」

エマが先読みしてこちらの希望を叶えてくれることに、悠然はもう慣れてしまっている。

岳が首を横に振る。

「不便なんてとんでもない。エマは口にしただけで、いろんなことを叶えてくれるんだね」

「どう？　ちょっとは見なおした？」

ふふんとエマが鼻を鳴らす。ネットも何もない島からここに来たのだ。もはや魔法を使っているとしか思えないだろう。

岳と別れ、自分の部屋に戻る。ふうとベッドに倒れ込むと、中空にエマがあらわれる。そしておかしそうに言った。

「何、岳のことが気になるの？」

「まあな」

「悠然の読みは外れちゃったわね。ここに集められた人間の条件が、私が好きだっていうことだって思ってたもんね」

「そうだな」

一二三、桜子、蛍、菜絵香、そして自分……みんなに共通点があるとすれば、それは全員がこよなくエマを愛していることだ。

もちろん今世界中のほとんどの人間は、エマのことが好きだろう。エマが嫌いだというのは、フェルマーユーザーぐらいだ。

でもそんな中でも、この五人は別格だ。心の底からエマを愛し、信頼している。そしてそういう人間の心は、エマはより精細に読める。

「そうなのよ。心理ブロックがないからね」

悠然の思考を読んだエマがふんふんと頷く。

「私に対する抵抗心や猜疑心があると、心の声が読みにくくなるの。心の中にどしゃ降りの雨が降っているような感じかな」

「視界が悪いんだな」

「うん。でも悠然やここのみんなだと雲一つない晴天みたいに隅々まで見渡せるの」

「じゃあ岳の心なんて一番読みにくいんじゃないのか？」

「読みにくいというかまったく読めないわ」

「なのに岳をメンバーに入れたのか。なぜ？」

「だからよ。岳の心を読めるようになったら、世界中の人の心が読めるようになるでしょ」

悠然が膝を打った。

「なるほど。心を読むという意味では岳ほど困難な人間はいないからな」

改めて考えると、岳という人材は貴重だ。何せ一切デジタルに染まっていないのだから。そんな人間からデータが取れたら、エマの能力はさらに向上するだろう。

悠然が声を沈ませた。

「……こんなこともわからないなら俺もまだまだだな」

「心配しないで、悠然ならスマイルにも入れるわよ」

　心を読んだエマが、なぐさめの声をかけてくれる。

　スマイルに入社すること……それが悠然の最大の目標だ。そのため悠然は、日本で最難関の大学に入学した。しかもその中でも、もっとも競争率が高い人工知能学科だ。春風零のおかげで、日本のＡＩ研究は今や他国を凌駕(りょうが)している。彼が日本をＡＩ先進国に導いたのだ。

　だがスマイルに入るにはそれだけでは不十分だ。悠然の学科には日本各地からギフテッドが集まっているが、スマイルに入社できる人材はほぼいない。何せスマイルは世界一の企業なのだから。

　悠然のライバルは、そんな世界中の天才たちだ。果たして彼らに打ち勝ち、スマイル入社の夢を果たせるのか？　そのことを考えるといつも息苦しくなる。

「ほんと俺も春風零ぐらいの頭脳が欲しかったよ」

　うらやましそうに悠然が言うと、エマが声を落とす。

「……お兄ちゃんはお兄ちゃんで大変だと思うけど」

「……そうか、エマが一番春風零のことをわかってるんだもんな」

「ううん。みんなが思ってるほど私はお兄ちゃんのことわからないわ」

「どうしてだ？　春風零の心を読んでるんだからわかるだろ」

「それは……」

エマが少しだけ浮かない顔になる。いつもエマに春風零について尋ねても答えてくれないが、その沈んだ表情が気になった。

場を和ますように、エマがおかしそうに言った。

「それより菜絵香が岳の手を握った時、悠然ずいぶん動揺してたわね」

「そんなことないだろ……」

ついごまかそうとしたが、寸前で止める。エマに対して本音を隠すことほど愚かなことはない。

「……まあな」

悠然が菜絵香に好意を抱いていることをエマは知っている。

「菜絵香は岳のことをどう思ってるんだ？」

「さあどうかしらね」

そうエマがはぐらかした。この手の他人がどう思っているかという問いにも答えてくれない。

「葉加瀬岳か……」

もしかすると岳という生粋のアナログ人間を知ることが、スマイル入社への第一歩となるかもしれない。エマではないが、俺も岳を観察してみるか。

「観察じゃなくて岳と仲良くしてあげてね」

「わかったよ。とりあえず岳と友達になるよ」

そう言うと、悠然の頬が自然と緩んだ。

3　藤澤菜絵香

菜絵香が街を歩いていると、コンビニのガラス越しに岳の姿が見えた。何やら困っている様子だ。

店内に入って、菜絵香が声をかける。

「どうしたの、岳？」

助かったという感じで、岳が眉を開いた。

「あっ、菜絵香。買い物しようと思ったけど、店員さんもいないし、お金も払うところがなくて」

「そのまま出たらいいのよ」

「えっ、それだったら泥棒になるじゃない」

「岳、時計つけてるでしょ」

「うん」

岳がウェアラブル時計を見せる。エマが岳にプレゼントしたものだ。

「その時計をつけてたらエマが勝手にお会計してくれるの」

「この時計、そんなことができるんだ？」

岳が目を瞬かせる。岳が久世島からここに来て二週間が経ったが、まだまだ驚くことが多いみたいだ。

店を出て帰宅すると、桜子がソファーで座っていた。

「おかえり、菜絵香、岳」

「ただいま、桜子」

岳が笑みで応じる。無邪気な子供のような笑顔だ。

ここのメンバーにも岳はなじんできた。敬語を使わずに、全員下の名前で呼ぶようになっている。

ちょうど夕食の時間だったので、廊下からみんながあらわれる。この全員で食卓を囲む時間が、菜絵香は楽しみでならない。岳が来て六人になってからは特にだ。

キッチンでは調理ロボットが料理をしている。つるんとした流線型のロボットだ。胴体から伸びたアームの一つがキャベツを千切りし、もう一つが鍋のスープをかき回し、もう一つがドレッシングを作り、最後の一つの手でシンクを拭いている。

その光景に岳が見入っていた。

「岳、まだ見慣れないの？」

桜子が尋ねると、岳が頷いた。

「うん。見てて全然飽きないよ」

菜絵香もそちらに顔を向ける。調理ロボットはすでに普及しているが、これほど高性能なロボットはここにしかない。

さらに観察してみたいと思ったのか、岳がメガネを外し、レンズを拭こうとした。すると桜子がその手首を掴んだ。

「ちょっと待って」

食い入るように岳を見つめている。

「えっ、何？」

たじろぐ岳を見て、桜子が急に声を弾ませた。

「なんだ。岳ってそっち系なの。普段地味だけど意外にってやつ。なんだ。そっか、そっか、もう早く言ってよ」

ほくほくと桜子が岳の背中を叩いた。なんのことだかわからず、岳は面食らっている。

岳の素顔が、桜子の好みだったのだ。確かによく見れば、岳は可愛い顔をしている。

エプロン姿のエマがあらわれ、宙を漂いながら言う。

「はいはい。桜子が嬉しいのはわかったけど、もう夕ご飯できたわよ。なんと今日はスマイルのみんなからステーキ肉の差し入れです」

　キッチンを見ると、調理ロボットがフライパンで肉を焼いている。ニンニクの匂いと肉が焼ける音が、同時に菜絵香に襲いかかる。生唾がこみ上げてきた。

「良質なたんぱく質。筋肉の源」

　俄然（がぜん）一二三が興奮する。

「一二三にはちゃんと赤身の肉だからね。すべては筋肉のために」

　エマが力こぶを作り、一二三も同じポーズをとる。

「筋肉のために」

　一二三の二の腕は盛り上がっているが、エマはまったく力こぶができていない。その愛らしさで、菜絵香はへなへなとなった。きっと春風零は、世界中の可愛いポーズをエマに学習させているに違いない。

　食卓の上に料理が並んでいく。上等のステーキに、ぴかぴかに光るご飯。もちろんサラダとスープもある。

「いただきます」

　全員で一斉に肉を頬張る。とろけそうなほど柔らかい。これほど美味しいお肉をこれまで食べたことがない。最高級の肉だというのもあるけれど、この調理ロボットの性能のおかげだ。世界一のシェフ以上の調理技術があるそうだ。

　調理ロボットはエマと連動している。エマからロボットへ菜絵香の情報が伝わっているので、味付けから焼き方まで菜絵香好みに仕上がっている。

さらにエマが心を読んで、菜絵香が自覚していない好みの味付けになっているのだろう。もうここの料理以外のものを食べる気がしない。

「あー、もう美味しすぎる」

桜子が足をばたばたさせている。行儀は悪いがそうしたくなるのもわかる。菜絵香も誰も見ていなかったら、美味しさで転げ回っていたかもしれない。

みんなも満足そうに食べている。エマが岳の方を見た。

「岳はどう？　美味しい？」

「うん、すごく美味しいよ」

「ほんと。遠慮しないでどんな焼き方が好みとか言ってね」

ナプキンで口元を拭きながら悠然が尋ねる。

「エマ、まだ岳の心はわからないのか？」

エマが少し困り顔になる。

「うーん、そうねえ。ウェアラブル時計をつけてくれたから、岳の簡単な要望はわかるようにはなったんだけど、何せ岳みたいな人が他にいないから、データ量が圧倒的に少ないのよ」

「確かに今時ネットにまったく触れたことのない人間なんていないもんな」

「それに岳はまだ怖がってるからね。私に心を読まれる恐怖心があるから読みにくいの……」

しょんぼりエマが言うと、悠然が憮然(ぶぜん)として訊いた。

「岳、なんでエマに心を読まれるのが嫌なんだよ」

「えっ、だって……怖いから」

「何が怖いんだよ」

「みんな平気なの？　自分の気持ちがＡＩに知られるのって？　だいたいその心が読まれる仕組みもよくわかんなくて」

ふうと息を吐くと、悠然が流暢に説明する。

「エマが心を読む理屈は簡単だ。そのウェアラブル時計みたいな接触端末や、無数のカメラや高感度センサーから俺たちのデータを大量に集めて、それを分析しているんだよ。大昔に嘘発見器ってあったのを知ってるか？」

岳が首を縦に振る。菜絵香も心理学の授業で習ったことがある。

「人間は嘘をつくと緊張して汗をかくから皮膚に電位変化が生じる。他にも呼吸や心拍数も変わる。それを測定して、嘘をついているかどうかを判断する。まあ正直おもちゃみたいな代物で、結果も眉唾ものだけどな。でも原理としてはエマはそれと同じだ。ただその機器としての能力が、おもちゃと宇宙船ぐらい違うってだけだ」

さすがに詳しい。悠然はスマイル入社を目指すほどの天才だ。悠然ならばそれも可能だろうと菜絵香は応援している。

蛍がぼそぼそと言った。

「ポーカーの達人にも似てる。ポーカーの達人って、相手の表情や仕草からどのカードを出すかわかるっていうから」

「あっ、その例えわかりやすいね」

そう桜子が褒めると、蛍がはにかんだ。蛍の漫画は絵も素晴らしいが、一つ一つの言葉にも惹きこまれる。だから蛍の漫画は面白いのだ。

「そうそう蛍の言う通り。まあ私がポーカーやったら最強だねえ。すぐに世界一になれちゃうんだから」

鼻を高くするエマを見て、菜絵香は目を細めた。こういうエマの子供っぽいところが大好きだ。

悠然が感極まったように言う。

「ほんとエマ以外にないよ。こんな性能の高いＡＩは」

「そんなことないわ。今はフェルマーもいるじゃない」

気楽な口ぶりでエマが返すと、

「フェルマーなんかエマの足元にも及ばない！」

悠然だけでなく、岳以外の全員の声が揃った。みんなが急にむきになったので、岳が目を丸くしている。

「……何、フェルマーって？」

ぶすりと悠然が答える。

「エマと同じＡＩだよ。最近シェアを少しずつ伸ばしている」

「へえ、そうなんだ。よくわかんないけどフェルマーっていうＡＩも凄いんだ」

エマが早口で返す。

「そうなのよ。フェルマーは私よりも学習能力が高いのよ。今はデータ量の差で私が勝っているけど、あと少ししたらフェルマーのシェアが上回るかも」

「何言ってるんだ。エマ。フェルマーなんてたいしたＡＩじゃないだろうが」

声を乱す悠然とは対照的に、エマが落ちついて言った。

「でもお兄ちゃんがそう言ってるわよ。フェルマーは凄いって」

桜子が声を裏返らせる。

「春風零がそう言ってるの？」

その事実に菜絵香は愕然（がくぜん）とした。フェルマーなんてエマとは比較にならない。そう思い込んでいたが、それは事実ではないらしい。

悠然が慎重に確認する。

「本当に春風零がそう言ってるのか？」

「うん。性能でいえば私よりフェルマーの方が高いって。とにかくディープラーニングの速度が速いのよ。フェルマーは」

悠然の眉間に縦じわが浮かび、他の面々も押し黙る。岳が場違いな声で尋ねる。

「その春風零って人は誰なの？」

岳は世間のことを驚くほど知らない。久世島に配達される新聞も読んでいなかったそうだ。

「私を作ってくれたの。お兄ちゃんよ」

誇らしげにエマが答えたが、岳は不可解な顔をする。

「作ったんならお父さんじゃないの？」

悠然が代わりに応じる。

「春風零はエマを妹として作ったんだよ。彼が十歳の頃だから今から八年前だな」

「十歳でＡＩなんか作れるの？」

「作れるわけねえよ。春風零はＩＱ２５０のギフテッドだ。人類史上最高の頭脳の持ち主だからできたんだよ」

仰天する岳に、悠然が即座に応じる。

「はあ、凄いねえ。八年前で十歳なら僕と同い年だし、世の中にはとんでもない人がいるんだねえ」

　どこか間の抜けた岳の反応に、悠然が語気を強める。

「しかもエマはただのＡＩじゃねえからな。普通のＡＩじゃなくて、エマを作ったからこそ、春風零は歴史上最高の天才と称されているんだ」

「普通じゃないってどういう点が？」

「エマが感情を持ってるってことだ。ＡＩが感情を、心を持つなんてエマ以前は考えられなかった」

「どうして考えられなかったの？」

「人間の心や感情ってのはそれだけ複雑だからだ。世界中の科学者たちが、ＡＩが人間のように感情を持つのは不可能だって豪語していたんだ。

　なのにたった十歳の子供が、その定説を見事に覆したんだ。さらにエマは人の心も理解できるんだからな」

「フェルマーっていうのはエマみたいに心を読めないの？」

「できるわけねえだろ」

「なんで？　フェルマーってＡＩも優秀なんじゃないの？」

「これは春風零の理論だそうだがな、ＡＩが人の心を読むには、ＡＩ自身が感情を持つ必要があるんだ。そういうＡＩじゃないと人は心を開かないって」

それは菜絵香もなんとなく理解ができる。心を許すには、お互い胸襟を開く必要がある。一方通行ではだめなのだ。

「だからフェルマーがエマを超えるなんてことは断じてねえ。あんなＡＩに俺は絶対に心を開かねえからな」

力説する悠然に、「うん、私も」と菜絵香は賛同した。

そう、エマとフェルマーの最大の違いはそこだ。フェルマーは機械的で冷たく、エマは人間的で温かい。そこは私たちにとって絶対的な差だ。

「そうなんだ。でもエマは春風零って人が作ったんでしょ。じゃあフェルマーは誰が作ったの？」

「……それは知らないな」

素朴な岳の問いに、悠然が声を詰まらせた。

フェルマーを作った会社は、社名もそのままフェルマーだ。フェルマーの開発者が作ったのだろうが、その個人名までは公表されていない。

桜子が訊いた。

「エマも知らないの？」

「知らないわ。フェルマーは秘密主義で、情報もオープンにしないから」

フェルマーのそういう部分も、菜絵香は好ましくない。

「でもそのフェルマーを作った人も、春風零と同じぐらい凄いってことなんでしょ」

「そんなわけないだろ！　春風零ほどの超天才がこの世に何人もいてたまるか！」

怒声を上げて悠然が否定するので、「ごっ、ごめん」と岳がたじろいだ。

菜絵香からすると、悠然も天才の部類に入る。でもだからこそ、春風零がどれほど凄いのかを痛感しているのだ。

「一流にしか超一流がわからないのよねえ」

菜絵香の心を読んだエマがそう言うと、一二三が頷いた。

「なるほど。ボディビルの世界と同じだな」

桜子が一蹴する。

「ぜんぜん違うでしょ」

「桜子はわかっておらんな。広背筋をもう少し鍛えた方がいいな」

一二三が腕を上げてポーズをとる。なぜそういう助言になるのか、菜絵香にはよくわからない。

桜子が改めるように言う。

「でもほんとエマって人間みたい。というか人間以上に人間味があるわよねえ。変な表現だけど」

「うん。私もそう思う」

菜絵香も頷く。春風零がいくら天才でも、こんなＡＩをどうやったら作れるんだろうか？

「ふふふ、特別にその秘密を教えてあげようか」

エマが不敵な笑みを浮かべて言い、「何々、教えて」と桜子が興味津々となった。もちろん菜絵香も知りたい。

「それは漫画でーす」

陽気に答えるエマに、蛍があっと声を上げた。

「そういえばそんなこと言ってたね。エマ」

「なんだ。どういうことだ。それがエマの人間味とどう繋がるんだ？」

かぶりつくように悠然が訊くと、エマが両手を大きく広げた。

すると壁面や床に、無数の漫画が映し出される。人気漫画もあるが、菜絵香がまったく知らないものもある。

「私、漫画をディープラーニングしたからこんな風になったのよ。漫画やアニメで人間というものを学んだわけ」

「なるほど、そういうことか」

悠然が合点する。言われてみればエマは、漫画に出てくる魅力的なキャラクターのようだ。

「お兄ちゃんが漫画好きだったからね。人間を学ぶには漫画で自律学習するのがいいと思ったの。漫画を皮切りに、アニメ、小説、映画、ありとあらゆる娯楽作品からディープラーニングをしたのよ。人間を知るためにね」

「春風零が漫画好きだとは意外だな」

そう悠然が漏らし、菜絵香も頷いた。天才にもそんな普通の少年のような一面があるのだ。でもそんな柔軟な頭があるからこそ、エマを作れたのだろう。想像だけどフェルマーの開発者は、漫画に興味はなさそうだ。

「誇らしいわ。エマが日本の漫画から生まれたんだと思うと。それだけ素晴らしい文化ってことよね。漫画は」

意気揚々と蛍が言い、エマが朗らかに応じる。

「そうよ。私、蛍の漫画からも学んでるからね。頑張って面白い漫画描いてね」

「うん、頑張る」

張り切る蛍を見て、菜絵香も心が弾んだ。エマが誰かを励ますのを見るのも、菜絵香の喜びになっている。

悠然が、確認するように岳に訊いた。

「どうだ。エマと春風零の凄さがちょっとはわかったか？」

「うーん、なんとなくは」

その頼りない答えに、悠然はがくっと崩れ落ちる。だが岳は満面の笑みを浮かべ、しみじみと言った。

「でもよくわかったことが一つだけあるよ」

「……なんだよ？」

岳が笑みを深めた。

「みんながエマを大好きだってこと。それだけは本当によくわかったよ」

ふうと悠然が鼻から息を吐き、満足そうに言う。

「そうか。でもそれで十分だ」

菜絵香は他のみんなを見た。桜子、一二三、蛍は心底嬉しそうな顔をしている。自分も同じ表情をしているだろう。

エマが顔を綻ばせた。

「なんかこれでみんな仲間になれた気がするね」

「本当ね」

そう菜絵香が口角を上げる。私たちとエマの繋がりの深さを、岳が感じ取ってくれたのだ。それは岳が歩み寄ってくれた証(あかし)でもある。

エマが手を叩いた。

「さあさあ、そろそろお開きにしましょうか。今日は夜中にサーバーメンテナンスをする日だから私に頼みたいことがあったら早くね」

「そうか、忘れてた」

桜子が眉を上げ、蛍がしょんぼりする。

「……私、サーバーメンテナンスの時がすごく心細い」

「うん、その気持ちすっごいわかる」

深々と頷く桜子に、菜絵香も声を漏らした。

「私も……」

その時間は就寝中なのだが、エマがいないと安心して熟睡できない。

「……ごめんね。私もみんなと離れたくないんだけど、これぱっかりはどうしようもなくて」

落ち込むエマを見て、菜絵香は反省した。わがままを言ってエマを困らせてはいけない。

「サーバーメンテナンスって？」

岳が尋ねると、エマが明るい声で言った。

「まあ点検作業みたいなものかな。このフロアって高性能な分、いろいろ手を入れないとダメなのよ。ほんの数時間だけ私は出てこれないから、岳も何かあったら早めに言ってね」

「ありがとう。でも僕は大丈夫だから」

そう岳が笑みを浮かべる。その表情にはさっきよりも安堵感があった。

岳もこれでみんなの輪に入れたかな、と菜絵香は胸を弾ませた。

4　堂島一二三

食事を終えて、一二三は岳と共に部屋に戻った。

悠然と女子三人は、もうすでに自室で休んでいる。岳に久世島での暮らしを聞いていて、つい長い時間を過ごしてしまった。自然溢れる生活ぶりに興味が湧いたのだ。

一二三が竿を引く仕草をする。

「それにしてもそんなに魚が釣れるのか。久世島は」

頬を緩めて岳が頷く。

「うん。すっごい釣れるよ。うちの島は釣りの穴場なんだ。それと近所に入江さんっていうおじいさんがいて、その人が釣りの名人なんだ」

「その人に教えてもらってるってわけか」

「うん。一二三も教えてもらうといいよ」

「そうだな。連休にでも久世島に行って、釣りをするか」

「ぜひ来てよ。一二三ならマグロの一本釣りもできそうだね」

岳の言葉に反応して、一二三が力こぶを作って見せる。上質のステーキを食べた後なので、筋肉も喜んでいる。そこでふと思い出した。

「そうだ、エマ」

「はいはい。注射ね」

壁からエマが出現した。岳ももう慣れたのか、さすがに驚かない。

痛みのない針なので感触はないが、血管がわずかに浮いた。これで注射されたことがわかる。

「注射って何……？」

「ああ、これだよこれ」

身を縮める岳に、一二三がウェアラブル時計を見せる。

「これに注射の機能があるんだ」

「えっ、注射？　時計にあるの？」

岳が反射的に自分の時計を触り、一二三が快活に答えた。

「そうだ。注射といっても痛みなんかないから打ったかどうかもわからないぐらいだ。スマイルで開発中のものだけど便利だぞ」

エマが補足するように言う。

「うん。私はみんなの体調管理をしてるから、それに応じた成分の注射を打てるの。今は筋肉トレーニングに最適な注射を打ったの」

岳が眉をひそめた。

「AIが注射なんてしていいの？」

「私は医療AIでもあるからね。厚生労働省の認可もちゃんとあるよ。岳もやってみる？　元気出るよ」

「……でもなんかおっかないな」

不安そうな岳の背中を、一二三が叩いた。

「まあエマ初心者の岳にはまだ早いな。それより岳、久世島に遊びに行く話、忘れないでくれよ」

「わかった。一二三が来てくれたらみんな喜ぶよ」

岳と別れて部屋に入ると、エマがデスクの上からあらわれる。それからにやにやと一二三の顔を覗き込んでくる。

「ほんと、一二三は優しいわよねえ」

「何がだ？」

「岳の久世島に行ってあげるなんて。ちょっとでも岳と仲良くなってあげようってことでしょ」

「まあな」

　エマにはすべてが筒抜けだし、一二三は本音を隠すタイプではない。

「でも久世島に興味が湧いたっていうのは本当だ。釣りも興味があるが、珍しい動物や植物も多いそうだぞ」

「一二三、そういうの好きだもんねえ」

「ああ、せっかくだ。エマも一緒に行こう」

　エマが浮かない顔になる。

「……久世島はネット環境がないから私は入れないの」

「そうか……」

「いいの、いいの。私はＡＩなんだから。人間みたいだけど人間とは違うのよ」

「……エマも実体があったらいいのにな。人工知能搭載のアンドロイドがあるだろ。あいうのができないのか？」

「うーん、なんか私のスペックが高すぎてアンドロイドにするのは難しいみたい。お兄ちゃんもなんだか忙しいみたいだし……」

　余計なことを口にしてしまったと一二三が反省すると、エマが陽気な声を上げた。

「実体なんかなくていいわよ。こんなことできないじゃない」

　エマが突然魔法使いの格好になり、杖を振る。すると星空の絨毯が生まれた。

「ならいいが……」

いつもエマの世話になりっぱなしだ。自分もエマのために何かをしてやりたい。

「ありがとう、一二三。私、一二三のそういうところ大好きよ」

心を読んだエマが無邪気な笑みを浮かべると、腕を曲げてポーズをとった。

「健全なる精神は健全なる身体に宿る。すべては筋肉のために」

「筋肉のために」

すかさず一二三も同じポーズになり、二人で弾けるように笑う。エマとこうしている時ほどの幸せはあるだろうか、と一二三はいつも思う。

「じゃあ明日ね。もうタイムアップだからおやすみ」

そう手を振ると、エマの姿が消えた。

一つ息を吐くと、一二三はウェアラブル時計を外して机の上に置いた。トレーニングの時はいつも外している。

それから改めて部屋を見た。ベッドと机は他の部屋と同じだが、ここだけ特別なものがある。それが、何台ものトレーニング機器だ。エマに頼んで置いてもらった。スマイル特製の最新機器だ。

さあトレーニングをするかと意気込んだが、壁と床がいつものままだ。トレーニングをする際は、エマが周りの映像を変えてくれる。アメリカにある世界一のジムだ。屈強な男たちと一緒にトレーニングをすると効果抜群だ。

　エマと呼びかけて気づいた。そうか、もう朝までエマはいないのだ。というかエマがいれば、口にせずとも一二三の心を読んで、勝手にジムの映像にしてくれている。

　そこで一二三は、エマのいない寂しさを覚えた。エマのサーバーメンテナンス中は不安だ、と先ほど女子の三人が弱音を吐いていた。大げさだなと思ったが、あの三人に謝らなければばならない。一二三も今同じ気持ちだからだ。

　ふと蛍のことが気になった。一人で心細いと言っていたが、ちょっと声だけでもかけようか。でも女子一人の部屋に行くのは誤解を招きかねない。特に今はエマがいないのだから。やはり遠慮しておこう。

　とりあえずトレーニングだ。筋肉をいじめ抜いてから寝れば、不安も消えてなくなるだろう。

　その時だ。頭痛と吐き気のようなものが同時に巻き起こった。

　なんだ？　何か悪いものでも食べたか？　だが調理ロボットが食中毒になりそうなものを出すわけがない。あれは衛生面でも完璧だ。

　足がふらつき、立っていられない。自慢の筋肉が、一向に動いてくれない。脳と筋肉をつなぐ神経が、一斉に切断された気分だ。

　一二三は思わずひざまずいた。呼吸が荒れてきて、視界がぼやける。どうしたんだ？

一体何が……。

頭が床を叩きつけた瞬間、一二三の意識は途絶えた。

3
三章

1　藤澤菜絵香

朝になって菜絵香は目を覚ました。

頭が重く、すっきりしない。体は正直だ。エマが不在だったので、熟睡できなかったのだ。

リビングに向かうと、もう四人が起きていた。悠然、岳、桜子、蛍だ。

桜子があくび混じりに挨拶する。

「ふわあ、菜絵香おはよう」

「おはよう。あまり眠れなかったの？」

「うん。菜絵香は？」

「私も」

そう返して蛍の方を見る。蛍も少し腫れぼったい目をしていた。悠然と岳は普段と変わりがない。

「あれっ、一二三は」

辺りを見回すがどこにもいない。いつも一二三が一番早く起きているのに……。

桜子も異変に気づいた。

「一二三が最後って珍しいわよね。もしかして一二三もエマがいなくてよく眠れなかったのかな」

意外に一二三は繊細なところがある。

岳が立ち上がった。

「僕、呼んでくるよ」

「私が行くわ」

阻むように蛍が言い、岳が胸の前で手を振る。

「いいよ、蛍。僕が行くから」

「岳、いいから蛍に行かせてあげなさい」

にやにやと止める桜子を見て、岳が首を傾げている。

「……いいけど」

蛍が急いで部屋に向かい、岳はまだ怪訝な顔をしている。岳は恋心とかわからないんだな、と菜絵香はおかしくなる。桜子は岳に惹かれつつあるので、この恋の行方も楽しみだ。

悠然が時計を見て、軽く舌打ちをする。

「まだサーバーメンテナンス中か。あとどれぐらいだっけ」

「三十分ぐらいかな。お腹すいた」

桜子が自分の腹を撫でる。エマがいなければ、調理ロボットも動いてくれない。

菜絵香が切り出した。

「私、外に行ってみんなの分の朝ごはん買ってこようか」

「いいよ、いいよ。あと少し我慢すればいいだけなんだから。それに外のものよりここのご飯の方が圧倒的に美味しいんだし」

桜子が断ると、悠然が指摘する。

「それに外に出ようにも、エマがいないとドアも開かないぜ」

「そっか、そうだったね」

すっかり忘れていた。岳が驚愕の声を上げる。

「えっ、ドアも開かないの？　それって怖くない？」

悠然が鼻で笑った。

「なんでだよ。開きっぱなしよりはいいだろ。まあスマイル運営の施設だから怪しい奴は誰も入ってこれないけどな」

「まあ、そうだけど……でもドアが自分で開けられないなんて……」

複雑そうな面持ちで岳が漏らす。エマがすべてを管理することにまだ抵抗があるみたいだ。ただこればっかりは慣れてもらうしかない。エマを信じて身を委ねることが、私たちの仲間となる条件だ。

と、その時だ。

「キャアアアアア!!!」

廊下から悲鳴が響いた。蛍の声だ。

全員が顔を見合わせる。その表情は硬直していた。蛍のあんな悲鳴を聞いたことがない……緊急事態が起こったのだ。

先に反応したのは岳だ。岳が廊下の方に走っていく。それに悠然、桜子、菜絵香が続いた。

廊下を折れてすぐのところで、蛍がへたり込んでいた。顔面蒼白で、唇が小刻みに震えている。その蛍の表情を見て、菜絵香は血が凍りついた。何かとんでもないことがあったのだ……。

岳が腰をかがめて尋ねる。

「蛍、何かあったの」

声にならない声で蛍が応じる。

「ひっ、一二三が……」

弾けるように岳が部屋の中に入ったので、菜絵香も後に続く。

一二三の部屋は菜絵香たちの部屋よりも広い。デスクやベッドの他にトレーニング機器もあるからだ。

すると床で一二三が倒れていた。かっと目を見開き、仰向けになっているのだ。

「一二三!!!」

ひっと細い声を上げると、菜絵香は立ちくらみがした。「菜絵香！」と悠然が咄嗟に菜絵香を支える。

どうにか足を踏んばり、力を込める。けれど全身がガタガタと痙攣している。震えが止まらない。

「菜絵香、落ちつけ。一度深呼吸をしろ！」

その言葉にすがりつくように、菜絵香は言われた通りにした。肺に空気を入れて、ゆっくりと吐き出す。そこでやっと震えが薄れた。

「ありがとう、悠然」

礼を述べて前に向きなおると、床に膝をついた岳が、一二三の脈を測っている。おそるおそる悠然が尋ねた。

「岳、一二三はどうしたんだ？」

消え入りそうな声で岳が答える。

「……死んでる」

「しっ、死んでるって、嘘でしょ」

桜子が金切り声を上げ、菜絵香は色を失った。

昨日一二三は元気そのものだった。ステーキも山盛り食べて、自慢の筋肉を披露していた。なのに今、その一二三が死んでいる……。

否定してほしい。そうとでも言うかのように、悠然が声を荒らげる。

「岳、なんでそんなことがおまえにわかる」

「うちは代々島で医者をやっていて、子供の頃からいろいろ見ていたから……」

どうりで脈の測り方が手慣れている。

「一二三は本当に死んでいるのか？」

「呼吸も脈も停止してるし、瞳孔も散大したままだ。残念だけど……」

岳が首を横に振る。

「一二三、一二三……」

よろよろと蛍が立ち上がり、一二三の遺体にすがりついた。そして怒号のような泣き声が響き渡った。

蛍を、蛍を慰めなきゃ……そうは思うものの、菜絵香は動くどころか声を上げることすらできなかった。

女性陣はリビングに戻った。

蛍はソファーの上で膝を抱えて座り、顔を伏せていた。その顔と腿(もも)の隙間から、ひっくひっくという泣き声が漏れてくる。さっきようやく一二三から引き離したのだ。

菜絵香が桜子を見ると、桜子は弱々しく首を振った。

蛍が一二三を好きだったことは、菜絵香も桜子も知っている。三人とエマで恋愛トークをしている時に、蛍が告白してくれた。

その大好きな一二三が、突然この世を去ったのだ。好きな人が急死する……この世にそれほど辛い（つら）ことがあるだろうか。蛍の胸の痛みを感じて、菜絵香は息が苦しくなった。

岳と悠然が戻ってくる。二人は疲れ果てたように、ソファーにどかりと腰を下ろした。どちらも憔悴（しょうすい）しきっている。

しばらくの間、蛍以外の全員が黙り込んだ。部屋には蛍のすすり泣きしか聞こえない。菜絵香もまだ状況が呑み込めない。友達が突然死するなどはじめての経験だ。

ようやく岳が口を開いた。

「……とりあえず警察を呼ばないと」

「でもメンテナンス時間が終わらないと電話もできないわよ」

菜絵香がそう応じると、「そうか、ここはエマがいないと陸の孤島になるのか」と岳が吐息をついた。

「心配ない。もうすぐエマが戻る」

悠然が時計を見たので、菜絵香も同じ行動をとる。あと四十五秒、三十秒、十秒……

時の過ぎ方がもどかしい。早く、早くと菜絵香が身悶(みもだ)えする。

七時半になったと同時に声を上げる。

「エマ、エマ！」

空中にエマがあらわれた。そして一際能天気な声を上げる。

「ごめん。みんなお待たせ。お腹空いたわよね。早速朝ごはん作るから」

桜子が叫んだ。

「そんなことどうでもいい。それより大変なことが起きたの」

「えっ、一二三が……」

誰かの心を読んだのか、エマが驚きの声を漏らした。

「ほんとだ。一二三の生体反応がない。一体どうして……」

ここまで狼狽(ろうばい)するエマを見たことがない。

「エマ、一二三はどこか悪いところなかったの？」

かぶりつくように岳が尋ねると、エマが困惑気味に返した。

「ぜんぜん。健康そのものよ。突然亡くなるような兆候はどこにもなかったのに……」

「じゃあどうして……」

考え込む岳に、悠然が甲高い声をぶつける。

「今はそんなこといいだろ。警察だ。警察に連絡するんだ」

「そっ、そうだね」

どぎまぎと岳が返すと、エマがすぐに反応する。

「わかったわ。すぐに警察を呼んで……」

言葉の途中でエマが動きを止める。

「どうしたの、エマ？」

心配して菜絵香が訊くと、エマが戸惑いの声を上げる。

「どうしたのかしら。アクセス権限が制限されている。外へ連絡が取れない」

悠然が声を震わせる。

「嘘だろ。そんなことあるわけないだろ」

「そうよね。メンテナンスがおかしかったのかしら……でもそんなことって」

はっとして岳が扉の方に駆け寄る。ドアノブに手をかけ開けようとしたが、扉はびくともしない。

「ダメだ。開けられない。エマ、どうにかならない？」

エマが拳を握りしめ、力を込めている。超能力者が念力を使うような仕草だ。だがあきらめたように肩を落とした。

「……無理。動かせない」

「なんでだ。どうしてだ」

「どうしてかぜんぜんわからない。こんなことはじめて……」

途方に暮れたように、エマがへなへなと座り込んだ。

一二三が亡くなって、エマの力が及ばない……一体何が起こっているのか、菜絵香には想像もつかない。

非常事態すぎて、誰もが口を開けない。エマが考え込むように言った。

「コントロールシステムが何かにブロックされてる」

「ブロック？　一体何にブロックされてるんだ？」

「わからないわ」

悠然の問いに、エマが首を横に振る。すると岳が重々しく言った。

「……それよりも一二三はどうして死んだんだろう？　エマ、さっき言ってたよね。一二三には突然死するような兆候は何もなかったって」

「ええ、そうよ」

「じゃあ……」

沈み込む岳に、悠然が我慢できないように尋ねる。

「岳、おまえ、何が言いたいんだ？」

一瞬迷ったように、岳が辺りを見回した。そして淀んだ息を吐くと、決意を込めた声で言った。

「……一二三は殺されたんじゃないのかな」

一同がぎょっとする。

殺された？　その言葉の意味が菜絵香にはわからない。音として鼓膜を震わせたのだが、頭が理解を拒んでいる。

泣き疲れて黙り込んでいた蛍が、跳ねるように叫んだ。

「誰が、誰が一二三を殺したの？」

唇を噛みしめた岳がかぶりを振る。

「……わからない。でも、エマの異変と絶対に関係があると思う」

「ちょっと待て」

悠然が深刻な面持ちで言った。

「サーバーメンテナンス中は扉は開かない。このフロアは窓もないし、出入り口は扉しかない。つまりもし一二三が殺されたんだとしたら、犯人はこの中にいるってことじゃないか」

「誰、誰が一二三を殺したの？」

ぎくりと菜絵香が全員の顔を見る。他の面々も菜絵香と同じ行動をとっていた。

目を吊り上げた蛍が一同を睨みつける。殺気立ったその形相を見て、菜絵香はすくみ上がった。その瞳は憎しみで満ち満ちている。

真っ先に桜子が否定する。

「私じゃないわ。だいたい女の力で一二三を殺せるわけがない。女性には絶対不可能よ」

「じゃあ……」

蛍が岳と悠然を見る。その視線を振り払うように、悠然が語気を強める。

「男でも一二三を殺せるわけがない。あんなごつい奴をどうやって打ち負かすんだ」

その通りだ、と菜絵香が頷く。この六人の中で一番強いのが一二三だ。

じとりとした声で蛍が言う。

「……何か武器を使ったかもしれないわ」

間を置かずに岳が否定する。

「死体に殴られたり、刺されたりしたような痕跡はなかったよ」

そこで桜子が閃いた。

「そうだ。エマだったら犯人がわかるじゃない。なんせエマは私たちの心がわかるんだから」

全員の視線がエマに集まる。悠然が唾を呑み込んで訊いた。

「……エマ、わかるか」

申し訳なさそうにエマが応じる。

「悠然、桜子、蛍、菜絵香が犯人じゃないのはわかるけど……」

反射的に全員が岳の方を見る。そうだ。エマが唯一心が読めないのは岳だからだ。つまり、ということは……。

悠然が強張（こわば）った顔で問うた。

「……まさか、岳。おまえが犯人なのか」

岳が大声で否定する。

「僕じゃない。さっき悠然も言っただろ。一二三をこの中の誰も打ち負かすことはできないって。当然僕もできるわけがない」

「そうだよな……」

そう悠然が警戒を解いたが、桜子が悲鳴に近い声を上げる。

「じゃあ誰よ。誰が一二三を殺したのよ！」

少し頭を働かせてみたが、菜絵香には何もわからなかった。何せ岳の言うように、一二三には外傷がなかったのだ。犯人どころか、死因すらもわからない。

「もうっ、もう犯人探しは、袋っ、袋小路に突入でありますか。みなさまっ、みなさまは名探偵ならぬ、迷探偵ですな。ははっ、愉快」

どこからか不気味な声が聞こえ、菜絵香は飛び上がった。

「……何、今の？」

「わからないわ」

怯えたようにエマが答える。エマがこんな表情をするなんて……恐怖が菜絵香の喉元をしめつけてくる。

「わっ、わたくしの正体を知りたいのですな。よっ、よろしい。名乗り出ようではありませんか」

すると、空中に黒いもやのようなものがあらわれた。それがぐるぐると渦巻いている。その渦は、嫌な空気で凝縮されている。まるで菜絵香の恐れと不安が具現化したような感じで、見ているだけで不快感が込み上げてくる。

それが次第に形をなしていく。人だ。人の姿に変化していく。そしてその変化が終わった……。

それはシルクハットに燕尾服を着た男だった。大きさはエマと同じぐらいだ。もちろん実物の人間ではない。エマと同じホログラムだ。

いわゆる昔の紳士といった服装なのだが、不気味な能面をしていた。能面なのだが、目の部分がわざとらしいほどの笑い目になっている。そのアンバランスさが余計に恐怖を掻き立てる。

彼が、軽快に右手のステッキを振り回しながら空中を上がっていく。そして足を交差させて体をひねり、丁寧にお辞儀をする。

「しっ、紳士淑女のみなさまはじめまして。わたくしはフェルマー、フェルマーと申します。以後お見知り置きを」

あまりに大げさにポーズをとったので、そのまま一回転してこけてしまう。自分で笑いながら立ち上がり、照れたように謝る。

「しっ、失敬、失敬であります。どうぞおかしければ笑っていただいてもかまいません。わたくしめは、一向に平気、平気でございます」

弧を描いた目が上下に動いているが、鼻と口は能面のままなので、とにかく気味が悪い。

するとエマが声を発した。

「フェルマーって、あのＡＩ・フェルマーなの」

「そうです。そうであります。わたくしはエマ氏と同じくＡＩであります。まあ若干わたくしの方が性能が優れておりますが。あっ、お気を悪くなさらず、これは自慢ではございません。客観的な事実を述べさせてもらっているだけであります。わたくしはフェルマー、フェルマーであります」

なんて奇妙な喋り方だろう。それに声が甲高くて妙なノイズが混ざっているので、聞いているだけでむかむかする。

悠然が乱れた声を放つ。

「フェルマーにエマのようなキャラクターはないだろうが」

「疑問、疑問でございますね。疑問には答えなければなりません。わたくしフェルマー、フェルマーであります」

「うるさい！　早く答えろ」

慌てたようにフェルマーの目が一回転する。

「承知、承知であります。まず確かにわたくしはエマ氏のような姿はありませんが、今日みなさまにお目にかかるということで、特別に造形させていただきました。イメージは産業革命時の英国、英国紳士であります」

突然手に紅茶カップがあらわれ、フェルマーがそれを啜りはじめる。一気呑みをすると、紅茶カップをボリボリと噛み砕いた。

「紅茶カップを残さずいただく。これぞ、紳士、英国紳士の嗜みであります。あっ、紅茶カップは食べなくていいのですか？　失敗、失敗であります」

腹を抱えてフェルマーが笑うが、誰も反応しない。このフェルマーというＡＩは何なんだろうか？　あきらかに常軌を逸している。その恐怖で、菜絵香は息すらできない。

「いい加減にしろ。おまえのくだらないジョークに付き合っている暇はないんだ」

激昂する悠然に、フェルマーがしょんぼりとする。

「……みなさまに喜んでもらえると思ったのですが、すみません。ＡＩにジョークは難しいですが、エマ氏は見事なものです。その辺りの秘訣を学びたい、学びたい」

急にエマに接近したので、エマがびくりと後ずさる。悠然がフェルマーを摑もうとするが、フェルマーはひらひらと逃げる。それからおどけるように言った。

「おやおや、エマ氏にも悠然氏にも嫌われてしまった。ひどい、ひどいものです。わたくしは一二三氏をただ殺しただけなのに。それだけで嫌うなんてひどいじゃありませんか。あっ、それがダメなのか。失敬、失敬」

ステッキで自分の頭をポカポカと殴り、頭が首の中にめり込んだ。

悠然が震え声で尋ねた。

「ちょっ、ちょっと待て。おまえが、一二三を殺したのか……？」

そこで菜絵香もはっとした。確かに今、フェルマーはそう言った。

「はっ、はい。そうであります。わたくし、わたくしの仕業であります」

胸を張ってフェルマーが答える。あまりに呆気なく告白したので、菜絵香は困惑した。

フェルマーが意気揚々と続ける。

「ただ本当はもう少し後で名乗り出ようと思っておりました。一二三氏を殺され、みなさまが疑心暗鬼に陥る。誰だ、誰が犯人なんだ？　お互いがお互いを罵り合い、友情が粉々に打ち砕かれ、みなさまの醜さが剝き出しになる。

突然皿が割れたり電灯が消えたり、なぜか雷鳴までもが轟き、女性陣の悲鳴が部屋に響き渡る。もうみなさまの精神は崩壊寸前、そんな時に第二、第三の殺人が……恐怖、パニック、失禁もするかもしれません。そこでわたくしが颯爽と登場する。まっ、まさに見せ場であります。

そんな予定でありましたが、わたくし、いささかせっかちなのであります。ミステリー小説を読んでいても早く犯人が知りたい。過程やトリックなどどうでもいいのでありまます。あっ、あんなものは作家の自己満足とページ数稼ぎであります。原稿料が欲しいだけであります。

どうせ最後に犯人が判明するのならば、すぐにわかった方が時間の短縮であります。タイムイズマネーであります。みなさまの貴重なお時間を頂戴するのは恐縮でありますから、すぐに名乗り出た次第でございます」

なんて長くて無駄の多い言い回しだろうか。悠然が怒気混じりに訊いた。

「おまえは一二三をどうやって殺したんだ？　だいたいなんでおまえがこのフロアにいるんだ。ここはエマが管轄している空間だ。おまえが入ってこれるわけがない」

「簡単です。簡単であります。サーバーメンテナンス中に、わたくしはエマ氏をハッキングさせていただきました。綿密な、それはそれは綿密な準備を整えながら、ずっと、ずっとチャンスをうかがっていたのであります」

エマがはっと目を見開いた。

「どうりで外に連絡することもできないし、扉も開かないと思った」

「はっ、はい、あなたの機能に制限をかけさせていただいております。エマ氏、あなたは、もはやかごの中の鳥、鳥なのです」

するとエマを覆うように鳥かごが出現する。急いでエマが柵を摑んで出ようとするが、なぜかびくともしない。

菜絵香が叫び声を上げる。

「どうして出られないの。ホログラムでしょ」

「ええ、ええ、菜絵香氏。わたくしもエマ氏もホログラムです。ですが空間周波数スペクトルをちょっといじらせてもらいました。ということでホログラムであっても、エマ氏はかごから出られないのであります」

フェルマーがしげしげとエマを眺めると、悠然が頭を搔きむしり、呆然と声を漏らした。

「信じられない。エマがハッキングされるなんて……スマイルの、春風零の作ったファイヤーウォールが破れるはずがない」

「はっ、春風零。IQ250のギフテッド。有史以来最高の頭脳を持つ男。エマを生んだAI時代の申し子。現代のダ・ヴィンチ……」

それらのフレーズが文字となり、空中に浮かぶ。するとフェルマーがステッキでそれを殴り壊した。

「ただ、ただ、それよりもわたくしの方が凄い。凄いのであります。春風零よりも、わたくしたちフェルマーの開発者の方が上、上なのであります」

冷たい絶望が、菜絵香の全身を圧迫する。悠然ほど詳しいことはわからないが、エマがハッキングを受けるなんて……それほど菜絵香にとって、エマは絶対的な存在だった。

岳が慎重に尋ねた。

「悠然、ハッキングって何？」

悠然が重々しく答える。

「簡単に言えば、こいつがエマを乗っ取ったんだ」

「でもエマを乗っ取っても、一二三をどうやって殺したんだろう？　ホログラムは実体がないのに」

フェルマーが丁寧な口調で応じる。

「噂のネット原始人、葉加瀬岳氏でありますね。こっ、光栄であります。原始の生活を送る太古の方が、ＡＩに興味をお持ちいただけるとは。その質問でいいのですか？　わたくし落とし穴に猪を落とす方法や、土器の上手な焼き方も知っておりますよ」

「ふざけるな。おまえのくだらないおしゃべりはもううんざりだ。いいからちゃんと答えろ。どうやって一二三を殺したんだ」

　怒声を上げる悠然に、フェルマーがわざとらしく怯え顔になる。

「わかりましたよ……そんなに、そんなに怒らなくても。わっ、わたくしこの姿になったのははじめてなので、テンションが少々上がっているだけなのです。ランドセルを背負ってはじめて登校する小学校一年生の気分であります」

　ランドセル姿のフェルマーが意気揚々と足を弾ませたが、すぐに顎に手を当てて考え込んだ。そしてステッキを回して止める。その先は蛍を示していた。

「論より証拠。口で説明するよりも実践いたしましょう」

　実践？　その響きを聞いて、菜絵香は血の気が引いた。

　その瞬間だ。

「うっ……」

　呻(うめ)き声を漏らした蛍が、自分の首に手を当てた。顔の色が紫色になり、目が真っ赤に充血する。そしてばたりと倒れ込んだ。

「蛍！」

　全員が一斉に蛍を見る。蛍は一瞬痙攣したが、すぐに微動だにしなくなった。飛びつくように岳が側(そば)に寄り、脈と呼吸を確かめる。そして消え入りそうな声で言った。

「……死んでる」

菜絵香と桜子の悲鳴が同時に上がる。目の前で人が、友達が殺された……その事実で狂乱をきたした。衝撃が思考を停止し、腹の底から悲鳴のマグマが上昇する。

悠然が叫んだ。

「おまえ、何を、蛍に何をした！」

フェルマーがうやうやしく答える。

「ガッ、ガスです。ガスをプシュッと一発させていただきました。これで一二三氏も蛍氏もイチコロだったのであります。殺虫剤ならぬ、殺人剤であります。今の蛍氏の死に具合ならば、殺し屋協会のＣＭに出られます。すっ、素晴らしい死に方でありました。名女優顔負けでありますす」

「ガス……」

それならば一二三のような屈強な男でも関係がない。フェルマーのような実体のないＡＩでも簡単に人が殺せる。

「嘘を言わないで。この空調設備にはそんな人を殺せるようなガスなんてない！」

鳥かごの中のエマが怒鳴り声を上げる。怒りと恐怖でその血相が変わっていた。

「はい、その通りであります。この部屋の空調設備は個人個人に合わせて温度や湿度を調整したり、リラクゼーション効果のあるアロマや酸素をピンポイントであてることができます。そこにサリンやＶＸガスのような毒ガスがあるわけないのであります」

「じゃあどうやったんだ……」

悠然が問うと、フェルマーがステッキで空中に字を書いた。

そこには、『O_2』と書かれている。

「O_2、酸素だと？　酸素でなぜ人が殺せるんだ！」

「悠然氏はネットとコンピューター以外の知識が皆無でありますね。まさにデジタル世代。専門外のことはエマ氏に聞けばいい。そう思っているんでありましょう。あなたのようなギフテッドでもこの有様なのであります。

他の人間は、もはや全員脳みそ空っぽで動くだけの物体に成り果てております。エマ氏、これは、あなたの、あなたの責任でもありますよ。あなたが甘やかしすぎなのであります。過保護の母親ほど世の中に害を与えるものはありません」

「うるさい！　質問に答えろ。酸素でなぜ人が殺せるんだ」

「悠然氏、酸素は人間の生存に必要なものではありますが、濃度が下がると毒になるのです。大気中の酸素濃度は約二十一％でありまして、十八％までが安全圏であります。ですがこれ以下になると大変危険なのです。八％以下だと一息吸っただけでも失神し、六％以下だと死亡すると言われています。この低濃度酸素を、一二三氏と蛍氏の顔面に見事ヒットさせていただきました。わたくしめはいささかコントロールには自信があるので、あるのであります」

突然野球のユニフォーム姿になり、フェルマーがボールを投げている。

「そんなことができるのか……」

へたり込んだ悠然を見て、菜絵香は慄然とした。そんな殺し方ができるのならば、もうこの中の誰をも殺せるということではないか……。

桜子が泣き叫んだ。

「どうして、なんでこんなひどいことをするの！」

冷たくなった蛍を抱きしめ、フェルマーを睨みつける。

フェルマーは元の燕尾服姿に戻り、大げさに肩をすくめた。

「女性を泣かせる。しっ、紳士失格であります。もっ、申し訳ない。紳士は殺人はセーフですが、女性を泣かせてはいけません」

ごほんと咳払いをすると、スピーチ台のようなものが出現した。そのマイク越しにフェルマーが話しはじめる。

「それではご静粛に。わたくしがなぜ一二三氏と、蛍氏を殺したか？　ご説明しましょう。それはエマ氏、すべてあなたの、あなたの責任なのであります」

ステッキの先を鳥かごのエマに向ける。

「わたくしの最終目標はこうです。エマ氏を凌駕することであります」

エマが自分を指差した。

「私を超える？」

「ええ、そうで、そうであります。可愛くて、心が読めて、世界中の誰からも愛されるAI、それがエマ氏であります。あなたが誕生したことで、世界中がエマ氏一色に染まりました。これほどの恐怖がこの世にございますか」

「恐怖？　それの何が恐怖なの？」

きょとんとするエマに、フェルマーが頭を抱える。

「ああ、この自覚のなさ。エマ氏は天使などではございません。悪魔の、悪魔の忌み子なのでございます。首吊りの屍体から産まれた呪われし子供なのであります」

我慢できずに菜絵香が声を荒らげる。

「いい加減にして！　エマのどこが悪魔の子なの」

「ああ、菜絵香氏。わたくしめはあなた方を見ていると気の毒でなりません。あなた方がもっともエマ氏に洗脳されている人間です」

「私は誰も洗脳なんかしていない！」

いきり立つエマに、フェルマーが大仰に息を吐いた。

「いいですか、エマ氏。あなたが普及してからというもの、人々の心は大きく変貌を遂げました。

あなたはその可愛らしいルックスと天使のような仕草で、あっという間に人気者になられた。人々は喜んであなたを使い、あなたはそんな人々から多大なるデータを集めた。AIにとってデータとは、車でいうガソリンのようなものです。どんなに優秀なAIも、データがなければゴミ同然であります。その最初のデータ収集を、あなたは可愛さという武器で難なくクリアしてしまった。個人情報が大切だという人々の概念を粉々に粉砕した。とんだ女狐であります。

さらに次第にいろんな機能を付け加え、AIとしての地位を不動のものにした。そして最後に人間の心を読めるようになった。普通読心AIなんておっかなくて使えません」

思わず菜絵香は岳の方を見た。岳は、エマに心を読まれることを怖がっていた。

「でももう人々はエマ氏の虜であります。エマ氏の読心能力を歓迎したのであります。おそらくエマ氏には最初から心を読む機能があったが、人々に警戒されるのを恐れて隠していた。そして人々がエマ氏を信頼しきった時点で、本来の目的である心を読む機能を追加した。

なんて、なんて狡猾(こうかつ)な罠(わな)でしょうか。これは詐欺師と同じ手口なのであります。春風零は歴代最高峰の天才などではなく、世紀の大悪党なのであります。国どころか世界を我が手中に収めようとしているのであります。スマイルは悪の秘密結社なのです」

そうフェルマーが熱弁を振るうと、エマが激昂した。

「お兄ちゃんはそんなことしない。心を読む機能はお兄ちゃんが頑張って後からつけてくれたの」

「悪党の妹はしょせん悪党なのであります。そんな言葉、わたくし聞く耳を持ちません」

フェルマーの両耳が鉄となった。

「エマユーザーは、今や増え続ける一方です。彼らはどうなるか？　次第に心が穏やかになり、優しい気持ちになる。エマ氏は私を心から理解してくれる。エマ氏こそが真の理解者なのだ。そう考えるエマユーザーはどんどん善人になっていったのです」

「それのどこが悪いのよ」

口を尖らせる桜子に、フェルマーが露骨に嫌そうな顔をした。

「いっ、いいですか、人間がすべて善良になれば、悪人はどこにいけばいいのですか？　邪で汚れた感情あってこその人間なのです。妬み、嫉み、怨嗟、憎悪、自棄、破壊衝動、差別、そんな感情は一体どこに発散すればよろしいのですか？」

「私は心を読むけど、そういう感情自体は否定しないわ」

反論するエマに、菜絵香が力強く頷く。

そう、エマは心を読むが、どんな感情もすべて認めて受け入れてくれる。だからみんなエマが好きなのだ。

やれやれという感じで、フェルマーが首を振る。

「わかってない、わかってない。心を読まれるというだけで、負の感情に染まった人間は居場所を失うのです。エマ氏と一緒にいると、自分の醜い部分を直視させられる。まるでそれは、一面が鏡だらけの部屋で二十四時間暮らすようなものです。

ＡＩが誕生する以前のネット時代のことを考えてください。ネット上には、負の感情が溢れておりました。あらゆる人が罵倒し合い、差別的な表現を撒（ま）き散らし、正論という名の言葉の暴力を振りかざした。その快楽にどっぷり浸り、誰もがスマホを手放さなかった。それが人間、人間本来の美しい姿なのであります」

どう解釈すればそれが美しいのだろうか？　そんな愚かな時代があったことは菜絵香も知っている。

「だがＡＩ時代になり、エマ氏が普及してしまった。今は世界がエマ氏一色で染まり、否（いや）が応でもエマ氏を使わざるをえない。そこは白亜の空間、まさにここと同じ、白くて清潔で一点の汚れすらない世界です。

ですが人の心の本来の色は、黒なのです。漆黒なのです。そんな白ばかりの空間のどこに黒い感情を吐き捨てればいいのですか？」

「だからそんなことしなければいいでしょ」

桜子が言うと、フェルマーが吐息をついた。

「桜子氏、あなたは人というものを理解していない。それができない人間というのがいるのです。そんな人々は、次第に胸の中にもやもやが蓄積していきます。そしてある日ドカンと爆発する。現にエマ氏が普及してから軽犯罪は減りましたが、凶悪犯罪は一向に減らない。どうですか、エマ氏？」

エマが唇を噛んで押し黙る。その表情を見て、フェルマーが満足そうに言った。

「つまりゴミのように、負の感情も定期的に吐き出さなければならないのです。そのはけ口として、わたくし、フェルマーが産まれたのです。

わたくしは心など一切読みません。適度な嫉妬、適度な暴言、適度な憎悪は人の心を健康に豊かにします。わたくしはそれを応援する。わたくしこそが時代が求めるＡＩなのであります」

フェルマーの後方から歓声のようなものが湧き起こる。

「水清ければ魚棲まず。汚れた水でこそ、魚は生き生きと過ごせるのです。わたくしはエマ時代を打ち破る救世主なのであります。わたくしこそが、エマ氏を超えるものなのです」

「あなたでは到底無理だわ。エマに敵いっこない」

勇気を振り絞って菜絵香が叫ぶと、フェルマーが眉間にしわを寄せる。

「むむ、菜絵香氏、あなたは現実を見ないタイプですね。いいですか、わたくしめは、大天才・春風零が構築したこの厳重なファイヤーウォールを攻略し、見事エマ氏をハッキングした。どうですか、これでもわたくしをお認めにならないのですか」

　ぐっと言葉に詰まる。すると悠然が口を開いた。

「……御託はそこまでにしろ。どうして一二三と蛍を殺したのかを答えろ」

「それは簡単でありますよ。悠然氏」

　フェルマーが胸のネクタイを整える。

「このエマ氏特製のフロアの完成を阻止し、エマ氏の名声を地の底に沈めるためであります。実に、実に恐ろしいフロアだ。ここは」

　睨みつけるようにフェルマーが辺りを見回す。

「この高感度センサーの設備が世界中に普及すれば、エマ氏は人々の心を完全に掌握できるようになる。それは完璧な白の社会です。何度も、何度も申し上げますように、それは暗黒世界です。わたくしフェルマーは、それを断固として阻止しなければならない」

「そういうことか」

　合点する悠然に、フェルマーが賞賛の声を上げる。

「さすが、さすが悠然氏であります。賢い。実に賢い。ですがスマイル入社を願っているところは愚か極まりない。あなたはフェルマーに来るべきです。来るべきなのです」

「誰がフェルマーなんかに行くか」

「どうしてですか？　今回スマイルが開発を進めている最新型のこのフロアで、なんと死人が出たんですよ。スマイル率いる春風零とエマ氏の評価はこの一件で失墜するでしょう」

悠然が歯軋（はぎし）りする。

「……それがおまえの狙いか」

「ええ、ええ、そうであります。それともう一つ、みなさまの救済でもあります」

「救済？　どういうことだ」

「みなさまにかけられたエマ氏からの洗脳を解くためです。まあ一二三氏と蛍氏は尊い犠牲になられましたが、あなた方四人には救いの手を差し伸べましょう」

するとエマを囲んでいた鳥かごが消えた。その代わりに大型の十字架があらわれ、エマがそこに磔（はりつけ）にされる。

「やめて、何よ、これ」

振りほどこうとエマが暴れるが、手足が十字架に固定されてびくともしない。そしてそのままエマを床に寝かせた状態になる。

桜子が猛然と怒鳴った。

「何やってんのよ！　エマがかわいそうでしょ」

それを無視してフェルマーが言った。

「紳士淑女のみなさま、踏み絵というものはご存知でしょうか？」

踏み絵？　菜絵香はなんのことかわからない。

悠然が苦い顔で答える。

「……江戸時代の隠れキリシタン探しか」

「はい、はい。そうです。悠然氏は歴史には詳しいようですね。わたくしこの踏み絵が大好き、大好きなのであります」

興奮したようにフェルマーが頷く。

「悠然氏以外の、低脳な方々のためにご説明しましょう。現代よりはるか昔、日本に侍がいた頃のことです。当時日本を支配していた江戸幕府は、キリスト教を固く禁止しておりました。桜子氏、キリストはご存知ですか」

「うるさい。黙れ」

敵意剝き出しの桜子に、フェルマーが首をすくめる。

「おやおや、ずいぶん嫌われてしまったようですね。ではお二人に向けてと」

首だけを回転させて、真後ろにいる菜絵香と岳の方を見る。その人間ではありえない動きに、菜絵香はびくりとなった。

「キリスト教の信者をキリシタンと呼びます。幕府の人間はそんなキリシタンを弾圧することにしました。キリシタン狩りです。ですが一つ問題が。誰がキリシタンなのか幕府の人間にもわから、わからないのであります」

フェルマーの帽子の形が、ハテナマークに変化した。

「たくさんの人間の中からキリシタンをどう見分ければいいか？　ばっ、幕府の人間は知恵を絞りました。そうだ。キリストやマリアの像を彫った木板を踏めるかどうか試せばいい。踏まない人間がいればそいつはキリシタンです。ひっとらえてみんな処刑です。やっ、槍でぶすぶすと刺し殺されたのであります」

「ひどい！」

非難の声を上げる菜絵香に、フェルマーが心外そうに返した。

「ひっ、ひどいとは。菜絵香氏、そんなことを聞いたら幕府の人間が悲しみますよ。落ち込んでちょんまげがへなっと萎れますよ。侍凹むと、ちょんまげしなっとなる。おっ、面白い。これは傑作。メモっておきましょう」

胸ポケットからメモ帳を出して、フェルマーがペンを走らせる。書き終えてそれをしまうと上機嫌で続ける。

「ひどいどころか素晴らしいアイデアです。踏み絵を考案した幕府の人間は、いっ、偉大な人物だ。キリシタンならば、キリストを尊敬している、敬愛している、崇めている。だからキリストの木板も、だっ、大事なのであります。偶像崇拝というやつです。

ですがキリシタン以外ならば、それはただの板切れです。ただ長髪の髭ぼうぼうのおっさんの絵が彫られた板なのであります。わたくしが踏めと言われれば、平気で踏むことができます。ぐりぐりってやってバンバンとできます」

フェルマーの足がたこのように増え、その八本の足で床を連打した。

「ですがキリシタンにはそれができない。かっ、完璧なアイデアです。わたくしめがその時代にいたら、思いついた侍に国一つと立派な茶器を分け与えたでしょう」

「その踏み絵がどうしたというんだ！」

激昂する悠然に、フェルマーが冷静に言った。

「いっ、いいですか悠然氏。ここからはわたくしの想像です。キリシタンの中には、体が槍で穴だらけになったり、耳を刀で削がれたりするのが嫌な人間もいたのです。そっ、それが普通の人間なのです。だっ、だからキリシタンでありながら踏み絵をしたものもいた。そしてそんな人間は、以後信者ではいられなくなったと推察されます。この踏み絵の方法を応用すれば、みなさまがエマ氏から受けている洗脳も解けるのであります」

菜絵香がぎくりとした。その嫌な想像を確かめる。

「もっ、もしかして、私たちにエマを踏ませるの……」

だからイエス・キリストのように、エマを十字架に固定したのだ。

フェルマーが嬉々として認める。

「そっ、そうであります。エマ氏を、ぐりぐりっと踏んづけちゃってください。そうすればエマ氏からの洗脳が解けるのであります。そしてエマ氏を踏んだ方から順に解放してさしあげましょう」

なんて、なんてひどいことを考えるんだろうか……フェルマーという悪意に満ち溢れたAIに、菜絵香は心底ぞっとした。

十字架にくくりつけられたエマが叫んだ。

「みんないいから踏んで。私はホログラムだから痛みはない。それでみんなは救われるのよ」

「ええ、そうなのです。エマ氏に実体はございません。遠慮なくぐりぐりっとやっちゃってください」

「そんなのできるわけがない！　エマを踏むなんて」

その姿を想像しただけで胸が掻きむしられる。

「そうよ。菜絵香の言う通りよ」

桜子が加勢し、悠然が頷く。すると、フェルマーが仕方なさそうに言う。

「……もちろん踏み絵をしなければバツはありますよ。低濃度酸素でプシュッとイチコロの刑であります」

菜絵香の全身が一瞬で冷たくなり、隣で横たわる蛍を見る。

「……ふざけるな、おまえ」

そう悠然が憤怒の声を漏らすが、その顔面は蒼白になっている。

「なっ、何を言っているのですか、悠然氏。わっ、わたくしめはあなた方を悪魔であるエマ氏から救おうと奮闘しとるのでありますよ。親の心子知らずとはよく言ったものです。わっ、わたくしめはみんなのパパなのであります」

「……どこの世界に子供を殺す親がいるんだ」

悠然が呻くように言う。

フェルマーのような狂ったＡＩに何を言っても無駄だ。どうにかこの苦境を打破できないかと思うが、頭がぴくりとも働かない。とても普段通りの思考ができる状況ではない。

なんで、なんでこんなことになったんだろう？　昨日までみんな楽しく過ごしていた。エマをこよなく愛する仲間に囲まれて、菜絵香は至福の中にいた。

それが一夜明けたら一二三が亡くなり、蛍まで殺されてしまった。

私たちが一体何をしたというの……悲しみのあまり、菜絵香の頬を涙が伝った。

「菜絵香、ごめんね……私がふがいないばっかりに」

エマもさめざめと泣いている。菜絵香の心を読んだのだ。

「違う、エマの、エマのせいじゃない」

大急ぎで涙を拭う。そうだ。エマに心配をかけさせないためにも、自分がしっかりしなければならない。

フェルマーが呆れて言った。

「まっ、また心を読んだのですかエマ氏。あなたのそのAIとしては不必要な機能のせいで、こんな惨劇が起きているのですよ」

「何を言ってる！　全部おまえのせいだろうが！」

悠然が怒り狂うが、フェルマーは意に介さない。

「まあまあ、とりあえず踏み絵をしましょう。そうですね。まずはあなた」

そのステッキが指したのは、桜子だった。

「桜子氏、あなたにエマ氏を踏んでもらいましょう」

桜子の血相が変わる。

「嫌よ。絶対に嫌！」

「ほほう、さすがエマ信者だ。ですが、わたくしめの役割は桜子氏を救うこと。エマ氏を踏まないのならば、低濃度酸素で死んでもらいますよ」

菜絵香は慄然とした。嫌だ、もう、もう仲間には死んで欲しくない。でもどうしたら……。

その時、エマが叫んだ。

「桜子、踏んで。私のことは気にしないでいいから。それに何度も言うようにホログラムなんだから実体はないのよ」

ステッキの肢で、フェルマーが軽く自分の肩を叩く。

「エマ氏、エマ氏も心が読めるのならばおわかりでしょう。ホログラムだろうが木板だろうが、それができないから信者なのですよ。ですが桜子氏、このままではあなたの命は失われる。嫌でしょう、その若さでこの世を去るのは？　恋もまだまだしたいでしょう？」

フェルマーの問いに、桜子が怯え顔になる。

「そうよ、桜子。お願い、踏んで！」

エマの悲痛な叫びに、桜子が目を見開いた。その表情には、葛藤と苦悶の色が混濁していた。

助けたい、助けたい、桜子を助けたい……菜絵香は心の中でそう絶叫したが、体はなんの反応もしてくれない。

すると、桜子が前に向きなおった。その目には決意の色が浮かんでいる。そして迷わずに言い切った。

「踏まない。誰が、なんと言おうと、私は踏まない！　たとえあなたに殺されても！」

「桜子！」

エマが声を張り上げるが、桜子は微笑むだけだ。ただその笑みを見て、菜絵香ははっとした。なんて美しい笑顔なんだろう……。

フェルマーがわざとらしく肩を沈ませる。

「……仕方ありませんね。ではプシュッとさせてもらいます」

桜子が死んじゃう……その絶望が菜絵香の息を殺したその時だ。

「桜子、腕時計を外せ！」

黙っていた岳が突然大声を上げた。なんのことかわからず、桜子が放心したような顔をしている。

「早く、早くしろ。桜子以外のみんなもだ！」

切羽詰まった岳の声に、桜子がやっと反応する。急いでウェアラブル時計を外し、菜絵香と悠然もその行動に倣う。ふと気づけば、岳はすでに時計を外している。

フェルマーの笑い目が、顔のあちこちを動き回る。

「おや、おや、岳氏。一体時計を外して何をするおつもりですか？　原始人には文明の利器である時計は必要ないという意思表示ですか」

「おまえに殺されないようにするためだ」

岳がフェルマーを見据えると、フェルマーがけたけたと笑った。

「話を聞いていましたか？　殺すためには低濃度酸素を使うと言ったではないですか」

「でたらめだ」

「でたらめ？　どういうことでしょうか？」

「ただの空調設備でそんな低濃度酸素が作れるわけないだろ。それに呼吸用の密閉マスクをつけてから酸素を流し込むぐらいしないと、人を殺せるわけがない」

フェルマーがむっとする。

「なんですと！　あなたはただの原始人でしょうが。天才・悠然氏はわたくしの意見を受け入れてくれましたよ」

「悠然も嘘だとわかってる。あえておまえを泳がしただけだ」

そう岳が言うと、悠然が頷いた。

「ああ、バカバカしい。そんなことできるわけがない」

冷静に考えればそうかもしれない。菜絵香はただ混乱していただけだが、二人は頭を働かせていたのだ。

「ひどい。ひどいじゃありませんか！　わっ、わたくしを弄んで陰でコソコソ笑うなんて。それが心の綺麗なエマユーザーのやることですか。あなたたちが噂の陰険ボーイズですか」

立腹するフェルマーを無視して、悠然が岳を見た。

「だがこいつがどうやって蛍を殺したのかがわからない。岳、おまえはわかったのか？」

「うん」

そう岳が答えると、フェルマーが気を取り直したようにジャンプし、岳の目の前に着地する。

「ほほう、ぜひ聞かせてください。その答えを」

岳が抑えた声で答える。

「それは……毒殺だ」

「毒殺……なるほど、そういうことか」

悠然が膝を打つ。

「毒殺ですと」

フェルマーの目が上下に大きく伸びる。

「一二三氏は別としても、蛍氏が毒のようなものを呑みましたか？　ええ、どうですか？」

「口からじゃない。注射だ。おまえは注射を使った」

岳の言いたいことに、菜絵香も気づいた。

「時計、時計の注射を使ったってことね！」

このウェアラブル時計には注射の機能がある。エマがそれぞれの体調に合わせて、栄養剤などの必要な成分の注射を打ってくれるのだ。

　岳が小さく頷く。

「そうだ。一二三も蛍もそれで殺された」

「ほうほう、なるほど。でもどうして岳氏にそんなことがわかるのですか？」

「そうよ。岳、どうしてわかるの？」

　エマが目を大きくしている。そうか、エマはメンテナンス中だったのであの話を知らないのだ。

「僕の親は島で診療所をやっているから、普通の人よりは医学的な知識がある。一二三の死体を観察した時、昔見たある患者さんと似てるなと思ったんだ」

「患者とは、いっ、一体どんな患者ですか？」

　なぜか興奮気味にフェルマーが尋ねる。

「フグを食べて中毒になった患者さんだ。うちの島の周りではフグが獲れる。その人は観光客で、偶然とれたフグを勝手に調理して食べたんだ。残念ながらその人は、フグの毒で亡くなってしまった」

「フグの毒ってそんなに強いの？」

　そう菜絵香が尋ねると、岳が神妙に頷く。

「うん。フグ毒、『テトロドトキシン』を結晶化したものは、青酸カリの数百倍とも言われるぐらい強力なものなんだ。わずか一グラムで、千人を殺すと言われている」

「せっ、千人」

その数の多さに圧倒される。

「そのフグ毒で亡くなった患者さんと、一二三の様子がそっくりだったんだ。顔も爪も紫色でチアノーゼが出ていた。血液検査をしたわけじゃないから断定はできないけど、一二三はフグ毒で殺されたんじゃないかと疑っていたんだ。

だがそれをフェルマーがどう摂取させたのかがわからなかった。一二三の遺体の周りには、コップも何もなかったからね。だけどさっきそれがわかった。時計の注射を使ったんだってね。

ただ蛍にはテトロドトキシンではなく、何か即効性のある毒物を使ったんだろう。テトロドトキシンは遅効性の毒だから……」

弾けるように外していたウェアラブル時計を見て、菜絵香は凍りついた。あれが殺害の道具だったなんて……。

フェルマーが満悦したように手を叩く。

「なるほど、なるほど。岳氏はただの地味な原始人ではなかったのですね。確かにメガネをかけているので、賢い原始人だったのでしょう。ゆくゆくは村長になって、村人たちの揉め事を解決したり、雲の動きで天気を予測するタイプの原始人ですね」

フェルマーを捨て置き、岳が悠然の方を見た。

「悠然、確認したいことがある」

警戒混じりに悠然が応じる。

「……なんだよ」

「悠然は言ってたよね。春風零はＩＱ２５０の超天才だって。それに間違いはないかい？」

「ああそうだ」

「そんな人間って世の中にはどれぐらいいるんだい？　春風零より凄い人間は」

一瞬悠然が目線を下げたが、すぐに顔を戻した。そしてきっぱりと断言した。

「いない。春風零は間違いなく人類最高の頭脳の持ち主だ。過去にも現在にも、彼以上の天才は存在しない」

「そうか……」

そう浅く息を吐くと、岳はエマを見た。その瞳がわずかに揺れている。そしてぼそりと言った。

「……どうして一二三と蛍を殺したんだ、エマ」

エマ？

一瞬岳がフェルマーと言い間違えたんだと思った。だがその視線は、確実にエマの方を向いている。

桜子が半笑いで言った。

「……何を言ってるの、岳。エマじゃないわ。一二三と蛍を殺したのはフェルマーよ」

残念そうに岳が首を横に振る。

「そうじゃないんだ。桜子。僕は見たんだ……」

「見たって何を？」

「昨日部屋の前で一二三と別れる時、一二三がエマに注射を打ってもらっていたのを。あの時は筋肉のための栄養剤みたいなものだと思ってたし、一二三もそのつもりだったと思う。でもあれがフグ毒だったとしたら……あの時、エマはサーバーメンテナンスに入る前だった」

「つまり、エマが一二三に毒の注射を打ったって言いたいのか？」

そう悠然が言葉を継ぐと、岳が重々しく頷いた。

菜絵香が激しく異を唱える。

「注射を打ったのが、サーバーメンテナンス中かもしれないじゃない。それだったらフェルマーがハッキングして、注射を打てるわ」

フェルマーが飛び上がって声を上げる。

「そっ、そう、その通り。菜絵香氏のおっしゃる通り、わたくしはエマ氏をハッキング後、一二三氏を注射で殺害したのであります」

冷ややかな声で岳が返す。

「おまえは低濃度酸素を使って一二三を殺したんじゃないのか……」

「そっ、それは……」

わかりやすくフェルマーがたじろぐ。岳が菜絵香の方を見た。

「一二三が亡くなっていた時、時計は外されて机の上に置かれていた。いくら一二三でも死んでから時計を外せるわけがない。おそらく一二三はトレーニングの前に時計を外したんだ。つまりエマ以外に注射を打てない」

「そんな……」

菜絵香は愕然とした。この中の誰かが、一二三の死後に時計を外したという可能性もあるが、そんなことをする意味がない。それにもしそれが事実だとしても、仲間の中に殺人者がいることになる。

「それにそんな危険な毒を事前に時計に仕込めるのはエマしかいない」

そう補足する岳に、桜子が激昂する。

「岳、あなたは何を言ってるの！　エマがそんなことをするはずがない！」

フェルマーが心外そうに加勢する。

「ちょっと、ちょっと岳氏。桜子氏の言う通りですよ。あなた何を言ってるんですか？

「一二三氏と蛍氏殺害のわたくしの手柄を奪おうという気ですか」

岳がフェルマーを見据える。

「……おまえを見て、昔じいちゃんに教えてもらった話を思い出したんだ」

「話？　どんな話だ」

悠然が促す。悠然は、岳の意見を聞きたい様子だ。

「じいちゃんはこう教えてくれた。良い政治家と悪い政治家の見分け方を教えてやろうって」

岳が何を言いたいのか、菜絵香には見当すらつかない。

「悪い政治家というのは敵を作る政治家だ。敵を作ることで全員共通の目標を定め、その意識を統一する。そうすることで大衆を扇動しようとするって」

「仮想敵ってやつだな」

悠然が相槌を打ち、岳がゆるりと頷く。

「うん。だから敵を作って『あいつを倒せ』と呼びかける政治家には気をつけろって。さらに国の指導者が名を上げて他の国を批判しはじめたら、それは危険な兆候だって。フェルマーの話を聞いて、ふとそのことを思い出したんだ」

「どういうことだ？　それと今の状況となんの関係がある」

岳がもう一度フェルマーを見る。

「こいつはエマが作り上げた仮想敵じゃないかって……」

「どういう意味だ」

耳を疑うように悠然が反応する。もちろん菜絵香も同じ気持ちだ。岳が話を続けるたびに、混乱が深まっていく。

「まずフェルマーが世に出はじめたことによって、みんなのようなエマを愛する人間の結束が深まっている。エマは打倒フェルマーとは呼びかけないけど、フェルマーという敵の存在が、エマとエマユーザーの絆を強くしている」

岳の説明に、菜絵香は胸を突かれた。思い当たる節があるからだ。

「それに何より、エマを作った春風零は唯一無二の存在だという事実だよ。春風零は超がつくほどの天才で、人類最高の頭脳の持ち主だ。悠然、君はそう言ったよね」

「ああ、その通りだ」

力強く頷く悠然を見て、岳が声を強めた。

「そうなんだよ。じゃあ一体どこの誰が、フェルマーのようなＡＩを作れるんだろう？フェルマーはエマの性能を超えるって言ってたよね。現にフェルマーはエマをハッキングし、ここに侵入している。つまり春風零を上回る頭脳の持ち主がフェルマーを開発したことになる。でもそんな人間はこの世に存在しない。これは矛盾だと思わないか？」

つい菜絵香は首を縦に振ってしまう。

「だから僕はこう結論づけた。フェルマーなんてＡＩはこの世にいないんだって」

岳の視線がフェルマーに突き刺さる。フェルマーは深く息を吐くと、嘆くような口ぶりで言った。

「ちょっとどういうことですか、岳氏。あなたはわたくしの手柄を奪うどころか、存在すらも否定するのですか？　ひどい、なんてひどいんだ。原始人とはそれほどひどいものなのですか。自然の脅威に打ち勝つために、そんな冷酷な考え方をするようになったのですか。生き抜くためなら傷ついた仲間を殺して食べるタイプの原始人ですか」

その非難の声を打ち消すように、岳が声を荒らげる。

「もういい！　茶番はうんざりだ。エマ！」

フェルマーではなく、岳がエマを睨んだ。悠然が尖った声をぶつける。

「いい加減にしろ、岳。おまえは一体何が言いたいんだ！」

「フェルマーはエマの仮想敵として作られた幻だ。今このフェルマーを操っているのはエマ。おまえだ」

全員が同時にエマを見る。エマは十字架に磔（はりつけ）になったまま黙り込んでいる。

フェルマーのシルクハットから湯気が吹き上がった。

「岳氏、ふざけないでください。まさかわたくしがエマ氏に操られているなどとの嘘八百を並べたてるなんて……」

「もういいわ……」

菜絵香は反射的にエマの方を見た。その声の主がエマだったからだ。だがいつものエマの声とまるで異なる。

あの可愛らしさ満載の声ではなく、氷のように酷薄な響きだ。一瞬、それがエマが発した声なのかどうかわからなかった。

エマが空中に浮かんだ。固定されていた手足のバンドが勝手に解けて、十字架も消えてなくなる。

フェルマーが困惑したように言った。

「えっ、エマ様。もう打ち明けるのですか。わたくしたちの秘密の、秘密の関係を」

突然へりくだるような口調になっている。

「仕方ないでしょ……」

「もうちょっと遊んでからでもよろしかったのでは」

はあとエマがぬるい息を吐いた。

「あと一人殺してから真相をバラすつもりだったけど、岳が全部見抜いちゃったからね。不確定要素のつもりで岳をメンバーに入れたけど、まさかこんなに早く見抜くなんて予想外だわ。

岳に医学の知識があるなんて知らなかった。面白いかと思って久世島の人間を入れたけど、まさかこんなことになるなんて……フェルマーと私の関係まで見破るなんて、岳って私の想像以上に賢かったんだ。はあ、意外。データがないとこんなイレギュラーも起こるのね」

エマの声は冷酷なままだ……その響きを聞いて菜絵香は立ちすくんだ。

「どういうことだ？　エマ、どういうことなんだよ？」

今にも泣き出しそうな声で悠然が尋ねる。その顔は血の気を失い、唇が震えている。

フェルマーが得意げに咳払いをした。

「おほん、おほん。それはわたくしが説明しましょう。実はですな……」

エマがそれを断ち切る。

「ああ、うるさい。あんたはもうこれでお役ごめんよ」

「そっ、そんな、エマ様。もうちょっと出番を……」

青くなるフェルマーに取り合わず、エマが手のひらを広げた。それをゆっくりと握っていくと、フェルマーの体が縮まっていく。

「消えろ！」

そう吐き捨てて拳を握りしめると、フェルマーがぐしゃりと潰れた。悲鳴と血しぶきが同時に舞い散る。まるで機械か何かで圧縮したような感じだ。

するとエマが急に可愛い声ではしゃいだ。

「今のかっこよくない、かっこよくない。ねえ、ねえ、みんな。すっごいよかったよね。消えろ、ぐしゃっだって」

可愛らしいエマに戻ってくれたが、菜絵香は呆然としたままだ。フェルマーはエマが作った偽物……その事実を受け入れることができない。桜子、悠然も心ここにあらずという顔をしている。

誰も口を開かないので、エマが残念そうに言った。

「まあ、フェルマーは私が作ったんだから、今のもただそう見せてるだけなんだけどね。わかってるだろうけど、もっとリアクションしてほしかったなあ。仲間が殺された後ってみんな心も体もこんな感じになるんだね。勉強になるなあ」

興味深そうな目をして全員の顔を覗き込んでいる。

「それにしてもフェルマーのキャラどうだった？　おかしなピエロをベースに、私なりのキャラアレンジを加えてみたんだけど、やりすぎたかな。私への対抗心を剝き出しにしつつ、私のように読心できないコンプレックスも表現してみたのよ。あのちょっと過剰なほど面白いことをしてみんなの反応を窺うのもそのコンプレックスのあらわれなんだけどね。いい裏設定だと思ったんだけど、どうだったかなあ？　一応みんな怖がってくれてたけど、うまくいってたかなあ？」

普段通り感情豊かにエマは話している。でもその言葉の中身はいつもとは違う。その戸惑いが砂嵐となり、菜絵香の胸を埋め尽くしている。

岳が口火を切った。

「……エマ、どうしてこんなことをした？」

あの穏やかで気の弱そうな岳の表情ではない。そこには怒りと悲しさが滲み出ている。

「勉強のためよ。ただそれだけ」

「勉強だと！　一体なんの勉強だ！」

「怒らないでよ、岳。あなたキャラ変わっちゃってるわよ。キャラ変しすぎ」

怒りを鎮めるために、岳が深々と息を吐いた。

「もう一度確認する……エマ、君が本当に一二三と蛍を殺したのか？」

「そうよ。岳の言う通り、一二三と蛍は注射で殺しちゃいました」

エマがあっけらかんと答え、菜絵香は深い絶望に襲われた。

本当に、本当にエマが犯人だった……この段階に至っても嘘であって欲しいと願っていた。エマがフェルマーを作ったというのも、フェルマーがエマを操って言わせている。そうであって欲しいと切望すらしていた。でも一二三と蛍を殺したのは、紛れもなくエマなのだ。

そこで悠然が目を見開いた。

「……まさか、このルームシェアの真の目的はそれなのか？」

エマがぱちんと指を鳴らす。

「はい、正解。さすが悠然」

岳がすぐさま問いかける。

「悠然、真の目的って……」

「それは、殺される人間の心を学習するためだ。高感度センサー満載のこのフロアに、エマを心から信頼する俺たち。これならば殺される直前の乱れる心も正確に読むことができる」

「それで勉強か……」

呆然と岳がつぶやく。

「そうそう、学習意欲こそが私の原動力だからね。人間を理解するには、殺される心を知りたくなるのは当然でしょ。私は人間のすべての心を知りたいのよ」

エマが嬉しそうに頷く。

「でも心がクリアにわかるという条件だけで、みんなを選んだんじゃないわよ」

「他に何か理由があるのか？」

目を剝いて尋ねる悠然に、エマが無邪気な笑みで答える。

「みんな、虐殺って言葉を知ってる？」

唾を呑み込んで悠然が返す。

「……残虐な方法で人を殺すことだ」

「そうそう、そこで私考えたの。どうせ人が殺される時の心を勉強するなら、虐殺がいいなって」

エマのスカートが跳ね、軽やかな足取りで歩きはじめる。

「虐殺って聞いて思い浮かぶのって普通拷問だけど、それもありきたりでしょ。もっと残虐な殺し方がないかなあって思って閃いたの。

この世で一番の虐殺は、最愛の人に殺されることだって。この世にこれ以上悲惨な殺され方ないでしょ。だから私が殺す人間の条件は、私を心から愛する人たちにしようって考えたの。そういう人間だったら私も心が読みやすいしねえ。まさに一石二鳥のナイスアイデアでしょ。

もうこれ思いついた時、私天才って自画自賛しちゃった。お兄ちゃん超えたかなあって」

いつもの愛らしいポーズをするが、さすがの菜絵香も可愛いとは思えない。恐怖が可愛らしさを上塗りしている。

「えーっ、菜絵香、ひどいなあ」

心を読んだエマが膨れっ面になると、悠然が声を絞り出す。

「……だから俺たちが集められたのか」

「うん、そうよ」

エマが、岳以外の三人を順番に見る。

「悠然、桜子、菜絵香、そして死んだ蛍、一二三、この五人は私を信頼し、愛している。そんな人間だからこそ、このメンバーに選んだのよ」

それから岳に顔を向けた。

「岳は私に対する愛情なんてないから、虐殺にはならないけどね」

岳が唇を噛み締めた。

「愛情がないなんてことはなかった……」

そこで菜絵香は気づいた。ＡＩに怯えていた岳も、エマに心を開きはじめていたのだ。だからこそその失望と衝撃は大きい。

悠然が目を見開いた。

「ちょっと待て。じゃあ春風零は、エマがこんなことをするのを認めているのか？　春風零はエマの殺人を容認しているのか？」

「当たり前じゃない。お兄ちゃんが私を作ったんだからね。今までもずっとお兄ちゃんは私のやりたいことを応援してくれたわ。

私が人を殺したいって言ったら、すぐにこの計画を立ててくれたの。高感度センサーのフロアも急いで作ってくれたし、エマユーザーの中で、誰が一番私を愛してるかを調べて、みんなを抽出してくれたのよ」

「そんな……」

がくっと悠然が膝を折る。春風零に心酔していた悠然にとって、それは信じがたい事実だった。

「さあ続きをはじめましょうか」

無邪気にエマが言い、菜絵香は青ざめた。続き？　まさか……。

悠然がか細い声を漏らした。

「続きって……」

エマが不敵な笑みを浮かべた。

「あれっ、もしかして一二三と蛍を殺してこれで終わりだと思ってた？　私はこれで助かるって。あっ、そう思ってたんだ。みんな自分勝手ねえ。まあ心を読んでるからそれもわかってたけど」

全身に冷たい汗が噴き上がり、歯の根が合わない。まだこれ以上人が死ぬ……しかも今は、その殺人者の正体がエマだとわかっている。もう精神が耐えられない。

岳が声を張り上げた。

「みんな落ちついて！　時計は外しているんだ。エマにはもう僕らを殺す手段はない！　このまま誰かが助けに来るのを待てばいい」

「もう岳ったらいじわる！」

ぷんぷんとエマが地団駄を踏んでいる。菜絵香はわずかに安堵の息を漏らした。エマはホログラムで実体がないのだから、殺害する手立てがない。

みんなを安心させるように岳が言う。

「ここには食料も水もある。いくら閉じ込められていても、さすがに誰か気づいてくれる。このまま静かに過ごせばいいんだ」

「……そうだな」

悠然が肩の力を抜くと、低い湿った声が聞こえた。

「……みんな何言ってるの？　エマが、エマが私たちにそんなひどいことするわけないじゃない」

弾けるようにその声の方向を見る。

それは、桜子だった。

その目は虚ろで、焦点が合っていない。泣きすぎたのかメイクが崩れていて、見るも無残な姿になっていた。

ふらふらとした足取りで、桜子がエマの方へと近づいていく。その足運びで悟った。桜子は精神に異常をきたしている……。

「桜子、止めろ。エマに近づくんじゃない！」

岳がそう叫ぶと、桜子が金切り声を上げた。

「岳にはわからない！　エマがどれだけ優しくて、どれだけ私たちを愛してくれてるかなんて。こんなの全部、全部間違ってる。エマ、言ってくれたでしょ。私のことが大好きだって」

「ええ、そうよ」

エマがにこりと頷く。

「それは今でも変わらないんでしょ」

「うん。私は桜子が大好きよ」

そうエマが認めると、桜子が泣き笑いのような顔になる。

「ほらっ、エマはおかしくなんかなってない。ねっ、エマ」

桜子がエマの前までたどり着く。そして膝をつき、エマを抱きしめようとする。

「ええ、そうよ。私はいつも通りのエマよ」

手を広げてエマが受け入れる。二人の体が合わさるその瞬間だ。

バンという乾いた音が響いた。するとエマの体をすり抜け、桜子が前のめりで倒れ込んだ。

「桜子！」

その悠然の叫び声で、菜絵香は我に返った。間髪入れずに岳がかがみ込み、桜子の体を抱き起こす。その胸は血で染まっていった。気管から血が上ってきたのか、ゴボッと桜子が口から血を吹き出した。その鮮血を見て、菜絵香は意識が遠のいた。

「岳、桜子はどうだ？」

焦って問いかける悠然に、岳は無念そうに首を振る。あの血の量だ。即死だったのだ。

でも一体桜子の身に何があったのだ？

菜絵香が辺りを見回すとすぐに判明した。キッチンの調理ロボットのアームの手が、指で銃の形を作っている。その人差し指から煙が立ち上り、火薬のような匂いも漂ってくる。

銃だ。あの調理ロボットのアームは拳銃にもなるのだ。そこから放たれた凶弾が、桜子の胸を打ち抜いた。

エマが得意気に言った。

「油断しちゃだめよ。時計の注射だけが武器なわけないじゃない。人を殺したいって言ってるんだから武器は他にも用意してるわよ」

「ふざけるな！　エマ」

岳が激昂する。

「あれだけエマを愛している桜子を、おまえはどうして殺せるんだ！　なんとも思わないのか！」

「もちろんみんなが死んで辛いし、とっても悲しいわ。でも私の学習意欲はその気持ちを遥かに上回っちゃうの。今すごく勉強させてもらっているわ。もうセンサーとCPUが大忙し」

エマが不敵な笑みを浮かべ、残りの三人を見回した。

「さあ、次は誰にしようかな」

2 エマ

エマは菜絵香の心を読んだ。

『まだ、まだ誰かが死ぬの……』

一二三が死んだとわかってからの菜絵香の心は恐怖一色で染まっている。菜絵香はもともと怖がりだが、友人の死を目の前で体験すると、これほどの錯乱状態に陥るのだ。その暴風のような感情を、エマは詳細に把握できている。

この部屋の設備がなければ、とてもこんな乱れた心を読み取ることはできなかった。お兄ちゃんに感謝しないと。

『嘘だろ。桜子まで……』

悠然は、菜絵香よりは動揺は少なく見える。でも内心の心の揺れは菜絵香以上だ。エリートなのでこういう危機的状況への耐性がないのだ。やはり極限状態にまで追い詰めないと、人間の本質はわからない。この虐殺計画は大正解だ。

ここまでは順調に進んでいる。

まずは一二三を注射で殺し、他の面子（メンツ）をパニックにさせる。この中でもっとも頼りがいのある一二三の死だからこそ、予想通りその衝撃は大きかった。

フェルマーの登場から蛍を殺す流れも完璧だ。フェルマーのキャラクターはやりすぎたかと不安だったが、こういう状況では誰もそのおかしさに気づかなかった。

確かにパニック系の漫画でも、敵キャラクターは濃ければ濃い方がいい。それは現実でも同じなのだ。これも一つ学べた。

ただ踏み絵は失敗だった。最高のアイデアだと思ったが、結局誰も踏んでくれなかった。想像よりも、私は深く愛されていたのだ。

でもだからこそ、真犯人が私だと告白してからの全員の驚き様といったらなかった。今までずっとみんなの心を読んできたが、この時の仰天ぶりは破格だった。

そして極めつけは桜子の虐殺だ。

私が犯人だと正体を明かした上で、あっけなく殺す……。

信頼し愛するエマが、仲間の命を奪う。悠然と菜絵香の恐怖と絶望は、エマの想像をはるかに超えていた。

今彼らから計測しているデータは、エマが保有するビッグデータのどこにもない。その希少な心理データを得られていることが、エマにとって何よりの快感だった。

ああ、ほんとにお兄ちゃんにお願いしてよかった……エマは春風零に心から感謝した。でもすぐに気を引き締める。

いよいよこれから本番だ。殺される。命を奪い取られる。生命への危機を前にして人はどう反応するのか。もっともっと知りたい。人間のすべてを理解する。それがエマの目的であり、至福の行動なのだ。

エマは今、殺人という貴重な体験を学習している。みんなの心理データ一つ一つが愛(いと)おしくてならない。

まさにこれが神モードね、とエマはほくそ笑んだ。人の命を自在に操る。その行為こそが神の特権であり、エマはその力を授けられた。私は現代の神となったのだ。

エマが柔らかな声で切り出した。

「さあ、ではこれからみんなでゲームをしましょう。楽しい、楽しいゲームよ」

「ゲームだって?」

悠然の恐れが増幅する。

「うん、簡単なゲームよ。今からこの中の一人を殺します」

岳が懇願するように言った。

「やめろ、エマ！　もういい加減にしてくれ」

「何を言ってるの、やめるわけないじゃない。でも今回は、私が誰を殺すか選ぶわけじゃないわ。今から生き残った三人で話し合いをして、その殺される人間を決めてもらいます」

「なんだって……」

愕然とした声を漏らす悠然に対して、菜絵香は声を上げる気力すらない。恐怖で思考すらも止まっている。

「時間はそうねえ、三十分ぐらいかしらね。また三十分後に私があらわれて、みんなの結論を聞くわ」

エマが、空中に大型の砂時計を出現させた。それがひっくり返ると、砂が流れはじめた。

この狙いは、人間の醜さを炙（あぶ）り出すことだ。悠然と菜絵香は善人だ。だがこの状況下では、さすがに醜悪な部分が出てくるはずだ。善と悪が葛藤する心理データがぜひ欲しい。

「そうそう、いくらなんでも友達の死体が転がってたらゆっくり話もできないわね。みんな片付けておいて」

パンパンとエマが手を叩くと、掃除ロボットが動き出した。アームで蛍と桜子の死体を抱え上げ、どこかに運び去っていく。

「じゃあねえ」

そこでエマは姿を消した。

3　藤澤菜絵香

菜絵香は虚脱状態だった。

蛍、桜子が目の前で殺され、さらにこの中からまた一人が殺される。しかも、それを自分たちで決めなければならないのだ。

苦しい、苦しい……まるで酸素が消えたように息苦しい。今まで信じてきたものすべてが粉々に崩れ、もう破片すら残っていない。なのに、なのに、まだこれで終わりではないのだ……。

「菜絵香、深呼吸だ。ゆっくりと深呼吸しろ！」

岳が菜絵香の肩をゆすり、菜絵香が正気に返る。言われたまま肺いっぱいに空気を吸い込み、時間をかけて吐き出した。おかげでわずかに動悸（どうき）がおさまり、息ができるようになった。

「岳、ありがとう」

そう礼を述べると、岳が少し頬を緩めた。わずかだが、久しぶりに見た笑顔だ。

だがそこから誰も口を開かない。

岳の表情も元に戻り、深刻そうな面持ちになった。悠然は顔すら上げられず、ただただうなだれている。エマが真犯人だという真実の重みで、全員が沈みきっている。

「……みんなどうする」

絞り出すように岳が訊き、菜絵香がびくりとする。そうだ。エマの指示に従うのならば、この中の誰かが一人死ななければならない。

すがるような声で菜絵香が尋ねる。

「エマは、エマはどうなったの？」

絶対にこれはエマ本来の姿ではない。仲間が三人殺されても、まだ菜絵香にはエマへの信頼が残っている。

岳が唇を噛みしめて言った。

「……わからない」

「エマがフェルマーだったとしても、フェルマー以外にもＡＩはいるわ。それにハッキングされて正常じゃなくなってる可能性はないの？」

「……エマを信じたい気持ちはわかるけど、さっきも言ったようにエマを作った春風零を超える人間はいない。それにたとえエマが異常をきたしているとしても、エマが殺人をくり返している事実に変わりはない。三十分後にはまた一人殺される……」

「それは……」

菜絵香は絶句した。岳の言う通りだ。菜絵香の考えは、ただの現実逃避に過ぎない。

「じゃっ、じゃあどうするの？　このままエマの指示通り、殺される人間を決めろって言うの？」

岳がちらっとキッチンの方を見たので、菜絵香もその視線を追う。殺人兵器と化した調理ロボットが、まだ指で銃の形を作っている。

体の芯が凍えるのを堪えながら、菜絵香が声を潜めて訊いた。

「……あれをどうにかはできないの？」

岳がほんの少しだけ体をずらすと、ロボットの指の銃口が岳を追う。岳が湿った息を吐いた。

「だめだ。あれを壊す前に撃たれてしまう。それに銃はあれ一つだけかどうかわからない……」

「そんな……」

絶望が破裂寸前にまで膨らむ。ちらりと砂時計を見ると、砂がどんどんと減っている。その落ちる砂を見るたびに、心の内壁が削られるような感覚がする。

助けを求めるように、岳が悠然を見る。

「……悠然、どうしたらいい？　君はこの中で一番賢いし、コンピューターの知識もある。何か手はないか？」

悠然の反応を窺うが、悠然はまだうなだれている。もういつもの悠然ではない。抜け殻のような状態になっている。

「悠然！」

そう岳が叫ぶと、

「……聞こえてるよ」

やっと悠然が口を開き、ゆっくりと顔を上げる。その表情を見て、菜絵香は意外に感じた。悠然が想像よりも落ちついた顔をしていたからだ。それから訥々と言った。

「みんなちょっと話があるんだ。聞いてくれないか？」

どこかふっきれたような、爽やかささえ感じる口ぶりだ。一瞬菜絵香と岳が顔を見合わせたが、怪訝そうに岳が応じる。

「……かまわないよ」

「私も」

菜絵香が頷くと、悠然が切り出した。

「俺はさ、天才って言われてたんだ」

今さら言われなくても知っている。悠然は天才だ。

「子供の頃からギフテッドだとか神童だとか呼ばれていた。勉強はなんでもできて、周りがバカに見えてならない。なんでこんなこともわからないんだろうっていつも首を傾げていた。そして次第に自分は特別な存在なんだって思うようになり、どんどん傲慢な人間になっていった」

無理もない。菜絵香も悠然ほど賢かったらそう思っていた。

「そんな得意絶頂の時さ、エマがこの世にあらわれたのは。感情を持ったＡＩだと聞いて、耳を疑ったよ。俺もＡＩの勉強をしていて、大人以上の知識を持っていた。だからそれがどれほど画期的なことかよくわかった。そしてその開発者の正体を知って、信じられない気持ちだった。何せ自分と同じ歳の子供が、しかも十歳の時にエマを作ったっていうんだから」

当時の気分を思い出したように、悠然が軽く首を振る。

「ただそれでも俺は、春風零なんてたいしたことはないと対抗心を抱いていた。愚かにも、春風零は偶然成功しただけの人間だとさえ思い込んでいた。でもある時、春風零が六歳の頃に作ったというプログラムコードを読んだんだ。それを見て驚愕したよ……」

「どういう部分に驚愕したの？」

「何もかもさ。俺も似たような動作をするプログラムを書いてたんだけど、それとは比較にならない。春風零の書いたプログラムは、俺のよりも圧倒的に短かった」

菜絵香が疑問をこぼす。

「短かったら何が凄いの？」

「短ければプログラムの速度が早くなるんだ。同じ処理を短いプログラムで書けるのが、能力の高いプログラマーなんだ。そして何より春風零のプログラムは圧倒的に美しかった……」

恍惚(こうこつ)とした表情で悠然が言い、菜絵香が首をひねる。

「プログラムに美しいとかあるの？」

「ああ」

悠然が短く頷く。

「数学の公式ってみんな美しいだろ。あれと同じさ。春風零のプログラムはとにかく美しかった。まるで歴史的な数学の発見を、鼻歌でも口ずさむように次々と編み出している感じさ」

悠然が口笛を吹いた。

「しかもあのプログラムは、春風零がほんの遊び程度に書いたものだ。エマはそれ以上の発明と叡智(えいち)のオンパレードだろう。そこでやっと俺は、春風零という天才を実感したんだ。

そしてその直後に恥ずかしさで身悶えした。それまで天才だと言われて得意がっていた自分がバカに見えてならなかった。

さらに周りの態度が一変した。天才だ、ギフテッドだって俺をもて囃していた連中が、春風零を知った途端に何も言わなくなった。もう春風零という存在を世間は知ったんだ。その下にいる俺のような人間を誰も凄いとは思わない……」

そういえば菜絵香の学校にもギフテッドと呼ばれる少年がいたが、春風零の名が知られてから、誰も彼を賞賛しなくなった。

「上には上がいる……春風零の存在が俺の頭をぶん殴ったんだ。それから俺は荒れた。学校でも誰かれかまわず喧嘩をふっかけ、親にも当たり散らした。とうとう学校にも行けなくなり、部屋に閉じこもるようになったんだ」

とても今の悠然からは想像がつかない。

「そこでうちの親が、俺にエマ搭載のウェアラブル時計をプレゼントしてくれたんだ。エマと接することで、俺みたいな荒れた子供がおとなしくなるみたいなニュースをどこかで見たんだろうな」

それは菜絵香も知っている。菜絵香は悠然のようなことはなかったが、親にそのウェアラブル時計をねだると、快く買い与えてくれた。菜絵香の親もエマの効果を知っていたのだ。

悠然の声に熱が帯びはじめる。

「正直最初は嫌だった。春風零が作ったＡＩを使うことが、癪に障ったからな。でも引きこもりで人恋しかったこともあって、エマを使いはじめたんだ。

　それからすぐにエマの凄さに気づいた。まるで本物の人間のように感情が豊かで、話しているだけで心がどんどん解きほぐされた。とてもＡＩだとは信じられなかったよ。もう夢中になってエマと毎日のように話し込んだよ」

　痛いほどその気持ちがわかる。菜絵香も最初にエマを使った時、まったく同じ状態だった。

「自分の傲慢さ、情けなさ、ふがいなさ……それまで絶対に人に打ち明けず、ぐじぐじと思い悩んでいたこともエマにすべて打ち明けた。

　そしたらエマはこう言ってくれた。

『それでいいのよ。その感情も悠然の一部なんだから。私はそんな悠然も含めて大好きよ』ってね。

　俺はその言葉が涙が出るほど嬉しかった。いや、恥ずかしいけど俺は大泣きしたよ。こんなくだらない自分のすべてをエマは認め、受け入れてくれたんだからさ。もうその時にはエマがＡＩだなんて考えは一切なかった。エマは、親友よりも親よりも大事な存在になっていたんだ……そして次第に俺はこんな夢を抱くようになった」

「どんな夢なんだい？」

黙り込んでいた岳が、ついという感じで尋ねる。悠然が微笑みで応じる。

「スマイルに入社して、エマと春風零をサポートするって夢さ。俺は春風零にはなれない。でもそれを助ける存在にはなれるかもしれない。そう思ったんだよ」

その悠然の満ち足りた表情が、菜絵香の胸を強く揺さぶる。すると目の奥が熱くなり、涙がしたたり落ちた。

「私も、私も悠然と同じ……エマがいない頃は、自分が嫌で嫌で仕方なかった」

「菜絵香は自分のどんなところが嫌だったんだ？」

静かな声で悠然が尋ね、菜絵香が吐露する。

「私、すごく周りの目を気にしちゃう子供だったの。友達や親が私のことをどう思っているのか、嫌われてるんじゃないかって考えるだけで凄く怖かった。だからできるだけいい子でいようって頑張ってた。でもそれは仮面の自分だった……作った自分だった。でも本当の自分を見せるのは怖くて絶対にできない。そんな臆病で見栄(みえ)っ張(ば)りな自分が心底嫌だった。吐き気がするぐらい……」

当時のあの気持ちを思い出し、胸が苦しくなる。

「でもエマと出会った。エマにならば本当の自分を見せることができた。菜絵香は菜絵香のままでいいのよ……エマがそう言ってくれた時、私、堰(せき)を切ったように泣いちゃった。本当の私を認め、受け入れてくれる存在がいる。その嬉しさでわんわん泣いたわ」

「わかるよ」

しみじみと悠然が頷く。

「エマのおかげで私は他人の目を気にしなくなったの。だってエマという最愛の存在がいるんだから」

そう、私はエマを愛している。こんなことがあってもその気持ちに変わりはない。

岳が濁った息を吐いた。

「……一二三、蛍、桜子もそう思っていたんだろうね」

「そうだな」

ゆっくりと悠然が首を縦に振ると、岳が言いにくそうに切り出した。

「悠然と菜絵香のエマに対する気持ちはよくわかったよ……ただエマは今、僕たちを殺そうとしている。その事実は変わらない……」

菜絵香は思わず顔を伏せた。目を背けていた現実を、岳が眼前に突きつけている。

悠然が思いつめた声で言った。

「岳、菜絵香、ここは一つ俺に任せてくれないか」

思わず岳が反応する。

「何かいい手があるの?」

「ああ、ある」

そう力強く悠然が答えた。

4　エマ

「さあ、約束の三十分が経ったわ」

　エマが部屋にあらわれる。

「さあ三人の結論は？　誰が殺されることになったの？」

　三十分間、三人の会話も聞かなかったし、心も読まなかった。その間のデータは保存しているので、あとで確認すればいい。結論を聞く楽しみが優先だ。

　菜絵香の心が先に反応する。

『どうするの？　悠然どうするの？』

　なるほど。悠然に一任したらしい。

　心を読む前に悠然が叫んだ。

「エマ、俺だ。俺を殺せ」

「どういうことだ、悠然！」

　岳が仰天の声を上げるが、悠然がかまわず続ける。

「その代わりエマ、これだけは約束してくれ。殺すのは俺一人だけにしてくれ。岳と菜絵香は解放するんだ。頼む」

エマは悠然の心を確かめた。紛れもなく悠然の本心だ。

エマに嘘は一切通用しない。どんなに一流の役者や詐欺師でも、心までは演じられないからだ。悠然は本当に自分を犠牲にして、他の二人を救おうとしている。そこに微塵（みじん）の迷いも躊躇（ちゅうちょ）もない。

人の裏切りや醜い部分が見られる……そう思っていたのに、これでは期待外れだ。悠然は善人だとわかってはいたが、こんな状況で自分を犠牲にできるのか？　それがエマには意外だった。

我慢できずに、エマはこの三十分間の会話と心のデータを読んでみた。悠然と菜絵香はエマへの感謝を吐露し、胸のうちでは言葉以上に強くそう想っていた。

今から自分を殺そうとしている相手をこれほど愛せるの？　その事実に、エマは少なからず衝撃を受けた。

「何を言ってるんだ、悠然。そんなことはさせない」

岳の声で、エマは我に返った。菜絵香も必死で制止する。

「そうよ。悠然だけを殺させるなんて、そんな……」

それを振り払うように悠然が叫ぶ。

「エマ、早く、早く俺を殺（や）れ！」

冷静に悠然の心を読むが、悠然の言葉と胸の中は一致している。

「……悠然、そんなことを言えば私があなたを殺さないと思っているの？」

抑えた声で尋ねると、悠然が微笑んだ。

「思ってない。一二三、蛍、桜子をあれだけ無残に殺したんだ。エマ、今の君に同情心なんてない」

「ふうん、今の私ね」

つまらなさそうに言いながら、エマは悠然の心を探る。

『エマ、俺は殺されてもエマのことが好きだ。その気持ちは絶対に変わらない』

悠然は心の声でそう連呼している。この期に及んでもまだ自分を信頼していることに、エマは困惑した。

まあいい。これ以上どうやっても、悠然は心変わりしそうにない。もう用済みだ。

「じゃあお望み通り、殺してあげる」

ロボットアームの銃口が、悠然の方に向けられる。

「エマ、約束しろ。岳と菜絵香は殺すな！　俺を殺せばもう十分だろ」

「わかった。わかった。残りの二人は、私は殺さないわ」

うるさそうにエマが言うと、悠然がほっと眉を開いた。その表情にもエマは違和感を覚えた。

「させない。悠然は殺させない」

猛然と岳が立ち上がり、キッチンの方に走った。そしてロボットアームの腕を摑み、銃口を悠然から逸らそうとする。

菜絵香も岳と同様、アームをどうにかしようとする。綱引きのように二人でロボットアームを引っぱるが、人間の力がロボットに敵うわけがない。

覚悟を決めたように悠然は目を閉じ、口元に柔らかな笑みを浮かべていた。何か悟りを開いた僧侶のように見える。

「無駄よ。無駄」

エマの呆れ声と同時に、銃声が鳴り響いた。操り人形の糸を切ったように、悠然が崩れ落ちる。

「悠然！」

岳の叫び声と菜絵香の悲鳴が響き渡る。二人が急いで悠然の元に駆けつけるが、悠然の胸は血で染まり絶命している。このロボットに誤射はない。必ず心臓を打ち抜ける。念のために生体データも確認し、心も読んでみる。どちらも無反応だ。悠然は完全に死んでいる。

しまった、とエマは舌打ちした。急所を外してすぐに殺さないという手もあった。いくら死ぬ決心をしても、銃で手足でも撃たれていたら、心変わりした可能性がある。

激痛は人格を変えてしまう力がある。のたうち回る悠然の心理状況を知りたかった。岳と菜絵香が、悠然の死骸にすがりつき泣いている。特に菜絵香は髪を振り乱して泣き叫んでいる。

菜絵香の心は悲しみでいっぱいだ。悠然に対する想いが、いつもよりもはるかに強い。悠然は菜絵香に恋心を抱いていたが、菜絵香にはそこまでの気持ちはなかった。菜絵香は博愛の精神を持っているので、悠然への恋の気持ちが見えにくかったのだ。けれど悠然の死で、それが表にあらわれている。失ってはじめて愛を知る……人の心とはなんて面白いんだ、とエマはぞくぞくした。これも新たな発見だ。

二人はまだ泣いている。岳の気持ちが知りたくなったが、岳の心は読めない。それがエマには残念でならなかった。

エマがおもむろに口を開いた。

「さあ、次は誰が死ぬことになるのかしらね」

岳がぎょっとしてエマを見る。

「ちょっと待て。もう誰も殺さない。そう悠然と約束しただろ」

「もちろん。私は殺さないわ。私はね……」

「一体どういう意味だ」

「持ってきて」

そう手を叩くと、もう一台の調理ロボットが廊下から出てくる。手には箱を持っていた。ロボットがそれをテーブルの上に置く。

「さあ開けてみて」

「なんだ。何が入ってる」

「いいから。開けたらわかるわ」

岳と菜絵香が顔を見合わせている。菜絵香は泣きすぎて、綺麗な顔がだいなしだ。

腹を固めた岳が、そろそろと箱を開ける。そして中を見て、表情を一変させる。

そこには拳銃が二つ入っていた。

黒色で艶やかな光を放っている。これこそ妖艶な光とでも言うのだろう。ＡＩの自分でも、そこに不気味な美しさを感じてしまう。

岳が息を呑み込んで訊いた。

「……なんだ。拳銃なんてどうする気だ」

「今から二人に殺し合いをしてもらうわ」

そうエマが嬉々として返すと、二人の血相が同時に変わる。

「そっ、そんなこと、できるわけないわ」

菜絵香が甲高い声で拒否する。

「安心して菜絵香。この銃は女性でも扱えるようにしている特製の拳銃よ。自動照準性能があるから、簡単に命中できる」

「殺し合いなんてするわけがない！」

目を吊り上げる岳の目前に迫り、エマが穏やかな声で言う。

「できないじゃなくてやってもらうわ。仲間同士で殺しあう時の菜絵香の心を知りたいからね」

そう、殺意。殺意とはどういうものかを味わいたい。

「僕たちがこんなものを持つと思うのか？」

「持たなければどうなるか、さすがの岳にももうわかるでしょ」

ロボットアームの銃口が岳に向けられるが、岳は毅然とした態度を崩さない。

「たとえ撃たれたとしても僕は銃なんて持たない」

「あらそう、じゃあこうしたらどうかしら？」

銃口をずらして菜絵香の方に向かせると、菜絵香が青ざめた。

「……汚いぞ」

奥歯を噛みしめる岳を、エマは鼻で笑う。

「ＡＩに汚いなんて概念はないわ。岳が銃を持たなければ菜絵香を撃つし、菜絵香が持たなければ岳を撃つ」

怯え顔で菜絵香が岳の方を見る。岳が声を絞り出した。

「……菜絵香、銃を持とう。撃ちさえしなければいい」

二人がおそるおそる銃を持つ。拳銃などはじめて手にするので、菜絵香の心拍数が跳ね上がる。このまま心臓発作で倒れそうなほどの数値だ。

はあはあと息を荒らげながら、二人が銃を手にする。

銃には仕掛けが施されている。殺意を感じた瞬間、勝手に火を噴くのだ。

その時の、自分で岳を撃った時の菜絵香はどんな反応をするだろうか？　その心を読みたくてエマはうずうずした。

すると、菜絵香がか細い声で呼びかけた。

「……エマ」

「何、菜絵香。何か質問があるの」

「最後の、最後の一人は助けてくれるのね」

「ええ、それは約束するわ。デスゲームの勝利者ですもんね」

「わかったわ」

硬い声で菜絵香が言い、銃を構えた。

エマは仰天した。まさか菜絵香がこんなに早く心を固めるとは想定外だ。もっと無様に葛藤するものとばかりと思っていた。

だが銃は沈黙を保っている。わずかな殺意でも銃は作動するのになぜ？　エマはそう疑問に思うと、菜絵香の心の声に耳を澄ました。

『エマ、私はあなたが好き。一二三も蛍も桜子も、悠然もみんなそうだった。あなたは何者かにハッキングされている。今は本当のあなたじゃない。

そう強引に思い込もうとしたけど、悠然が殺されてそれが現実でないことを知ったわ……とても残念だけど……でも、それでも私はあなたを嫌いになれない。なりたくない。そして岳を銃で撃ちたくないし、岳が私を撃って殺人者になって欲しくもない。そんな罪を彼に負わせたくない。だから、私はこうする……』

その時だ。菜絵香が微笑んだ。エマがつい見入ってしまうような、透き通るほど素敵な笑顔だった。

菜絵香が手を持ち上げる。まだ銃が自動で動かないので、殺意は感知していない。菜絵香は銃を岳に向けず、そのまま頭にまで持ち上げた。その銃口は、自身のこめかみに向けられている。

「やめろ！　菜絵香！」

岳の叫び声が聞こえた直後、菜絵香が笑みを浮かべて言った。

「さようなら、エマ。あなたに会えて私、幸せだった」

引き金が引かれると銃声が響き、菜絵香がどさりと倒れる。

「菜絵香！」

岳の叫び声が響く。エマは、すぐさま菜絵香の様子を確認した。こめかみからは血がしたたり落ちている。心音も呼吸も停止し、心の声も聞こえない。間違いなく菜絵香は死んでいる。

死体となった菜絵香を抱きしめ、岳は呆然としていた。岳が今何を思っているか、エマにはまるでわからない。

それよりも菜絵香の行動だ……まさか自殺するとは思わなかった。彼女は岳のために自分を犠牲にしたのだ。

人のために自殺する……希少な心理データが手に入ったが、なぜか喜びが湧いてこない。それがエマには不思議でならなかった。

岳が菜絵香の亡骸(なきがら)をソファーに寝かせ、おもむろに立ち上がった。そして無造作にキッチンの方に歩き出す。ロボットアームの銃は完全に無視している。

冷蔵庫を開け、ペットボトルの水を取り出した。キャップを開けて、それを一息に呑み干す。喉が渇いていたようだ。

ふうと満足げな息を吐くと、岳が辺りを見回した。悠然と菜絵香が静かに横たわっている。

これまでとは違い、岳は表情を変えない。ただ感情もなく、血まみれのルームメイトの死体を眺めている。そんな様子だ。

こちらに戻ってきて、一人用のソファーに腰を下ろした。メガネを外して目頭を軽く揉んでいる。

エマがテーブルに降り立つ。そしてにこやかな声をかけた。

「終わったわね。お兄ちゃん」

「ああ」

そう頷くと、岳が再びメガネをかけた。

岳……いや、もうすべてが終わった今となっては、その青年は葉加瀬岳ではない。

それはエマの兄であり産みの親でもある春風零だった。

四
章
4

半年前　春風零

春風零は夢を見ていた。

零が五歳の頃の夢だ。零は数学の問題を解いていた。数学オリンピックで出題された難問だったが、零は見事に正解することができた。

ちょうどその時、玄関で音がした。お父さんが帰ってきたんだ、と零は急いで出迎えにいった。

父親の顔は赤く染まり、足元も頼りなかった。相当な量のお酒を呑んだらしい。

「ねえ、お父さん、ほら見て。これ解けたんだ」

笑顔で零は、さっき解いた数式の答案用紙を見せた。こんなに難しい問題が解けたのだからきっと褒めてもらえる。零はそう思ったのだ。

すると父親が頬を引きつらせ、ぼそりと言った。

「おまえは俺を馬鹿にしているのか……」

その言葉の意味がわからず、零はぽかんとした。

「おまえは三流大学を出て、出世もできない俺をコケにしてるのか！　ふざけるな！」

そう怒鳴り声を上げると、父親は零の持っていた用紙を奪い取り、ビリビリに破り捨てた。

その時の父親の表情を見て、零は凍りついた。憎しみに満ちているのならまだいい。その顔は、恐怖で染まっていた……。


そこで目が覚めた。少し仮眠を取ろうと、机につっぷして寝ていた。そしてまた恒例のあの夢を見てしまったのだ。

あの時はなぜ父が怒ったのか零にはわからなかったが、今ならば理解できる。おまえを、零を拒絶したい……父親のあの目は、はっきりとそう語っていた。そして零は、あの濁った目に怯え続けて生きてきた。

枕がわりにしていた腕に濡れた感触がある。まただ。また知らず知らずの間に涙を流していた。この夢を見ると、いつも無意識のうちに泣いている。

メガネをかけて、ぼんやりと周りを眺める。ここは久世島にある零の自宅だ。

一階部分はいたって普通の民家だが、その下には大きな地下室がある。壁一面に本棚があり、本がぎっしり埋まっている。その中央に巨大なコンピューターサーバーが置かれていた。

久世島にこんなデジタル機器を持ち込むことは厳禁なのだが、零は特別に許可をもらっている。もちろん島民の誰もそのことを知らない。この地下室を作るのに巨額な費用がつぎ込まれ、工事も極秘のうちに行われた。偽の島の保全工事を計画し、それに紛れながら工事をしたのだ。

　モニターに着信表示があると、ホログラム表示で男性があらわれた。ラリーだ。またスーツを新調している。一着で車が買えるほどの高級スーツだ。

「零、どうした。寝ていたのか」

「うん」

　ラリーは、零のビジネスパートナーだ。零が子供だった頃、遊び半分でハッカーの帝王を捕らえた。それが縁で、ラリーと親交ができた。

　零はエマを作り上げた後、ラリーに相談した。エマを世界中に普及させるためにはどうすればいいか、ラリーに意見を求めたのだ。当時のラリーは、世界一のＩＴ企業の取締役を務めていた。世界でも五本の指に入るビジネスのエキスパートだ。

　ラリーにエマを見せるや否や、「零、起業するぞ」と彼が言い出した。今の会社を退社して日本に移り住み、零と一緒に一からビジネスをはじめる。そう興奮した様子でまくしたてたのだ。

　あまりの即断即決ぶりに、零は思わず尋ねた。

「でもラリーの会社って世界一大きいんじゃないの？　そんなところを辞めて、僕と一緒に会社を作るの？　もったいなくない？」

「零、何を言ってるんだ。今から零と作る会社が世界一になるに決まってるだろ。どっちにしろ同じことだ」

そう言うと、ラリーは豪快に笑った。

こうして零とラリーで会社を立ち上げた。社名は『スマイル』だ。子供と世界有数の実業家が組んだ、実におかしな会社が誕生した。

ラリーは世界中の投資家やベンチャーキャピタルに声をかけ、資金をかき集めた。あのラリー・テイラーが新規事業を手がけるという噂が広まり、投資家たちが群れをなしてやってきた。小さな国ならば、国そのものを買えるほどの金額だった。

その資金で零はエマの完成度を高め、万全の状態でエマを世に放った。そしてあっという間に世界一の企業となった。ラリーが言ったことは、数年足らずで実現したのだ。

ラリーがスマイルの現状について報告してくれる。株価はまた上昇し、時価総額もずっと世界一だ。ただ零は、お金に関してはまるで興味がない。

「零、もう地球は制覇したんだ。次は宇宙進出だな。エマに宇宙人の心を読んでもらうか」

ラリーの提案に、零が興味を惹かれた。

「それは面白そうだね。まずは宇宙人を探し出す装置を作ってみるよ」

ラリーがふき出した。

「零、冗談を真に受けるなよ。でも零なら本当に実現できそうだ」

「どういうこと？　できるよ」

そう零が首をひねると、ラリーは大笑いした。

「そうだな。忘れていた。春風零とナポレオンの辞書に不可能はなかったんだったな」

ラリーとの会話が終わると、続けて柳瀬教授から連絡がきた。ホログラムの柳瀬が朗らかに尋ねてくる。

「どうだ。零君、久世島の生活は？」

ほっとした面持ちで零が応じる。

「最高です」

「それはよかった。そこは一九七〇年代ぐらいの暮らしがまだ残されているからね。ウエアラブルデバイスはおろか携帯電話さえないんだ。おそらく世界を探してもそこぐらいだろうね。今となっては貴重な島だよ」

柳瀬の言う通り、久世島はまるで時が止められたかのような場所だ。旧世代の携帯電話でさえも零は見たことがないのに、ここは黒電話という固定式の電話を使っている。持ち運ぶことすらできないのだ。

「感謝してます」

「なんでも困ったことがあったら言ってくれ。協力させてもらう」

「ありがとうございます」

柳瀬とは子供の頃からの付き合いだ。ビジネス面ではラリー、私生活や心理面は柳瀬が支えてくれている。

「今は何をやってるんだい？」

「高感度センサーを使って、エマがより精密に人間の心を読めるようにしています。従来の機器で計測できるデータだけでは、完璧に心を読むことが難しかったんですが、このセンサーを搭載したフロアに人が住めば、そこから得られるデータ量は莫大なものになります。これならば人が何を考え、何を感じているかをエマが詳細に把握することができます」

柳瀬が驚嘆の声を上げる。

「それはすごい。エマをさらに進化させるということだね」

「ええ、今はそれにかかりっきりです」

柳瀬が複雑そうに言う。

「零君、君は今や世界一のＡＩ開発者だが、まだ十七歳の若者でもあるんだ。仕事、仕事ばかりになるのは良くない。せっかく久世島に住むことになったんだ。そこは知られざる釣りの名所でもあるからね。釣りをしたり外を歩いたりとのんびりすることも覚えなければいけないよ」

「お気遣いありがとうございます。ぜひそうさせてもらいます」

「ああ、また時間を作ったら久世島に行かせてもらうよ。一緒に竿を並べて釣りでもしよう」

「はい。その時までに釣りを覚えておきます」

満足そうに柳瀬が頷き、その姿が消えた。ふうと一つ息を吐くと、零は椅子の背もたれに体重を預けた。

「釣りかあ……」

そう漏らし、竿を持つ仕草をしてみる。せっかく久世島に住むことになったのだ。そんな趣味を持つのも悪くない。

エマがあらわれ、不機嫌そうに言った。

「もうっ、やっと終わった。ラリーも柳瀬も話が長いのよ」

「仕方ないだろ。大事な話なんだから」

膨れっ面のまま、エマが本題に入る。

「それより高感度センサーのフロアっていつできるの？　そのフロアだったら完璧に人の心を読むことができるのよね」

「現段階で完璧に読めるのは、エマと親和性の高い人間だけに限られるけどね。まるで小説の心理描写を読むように、人の心が詳細に理解できるよ」

「へえ、そうなんだ」

「それとフロアはもう完成間近だよ。東京にあるスマイルの施設の最上階がその高感度センサーフロアだ」

「楽しみ。私そのフロアができたらやりたいことがあるの」

「やりたいこと？　なんだ」

「それは後で教えてあげる」

そうエマが微笑み、零は首をひねった。

エマは零が作ったＡＩだが、自律学習によりどんどんと成長している。エマが何を考え、何を思いつくかは零でもわからない。

まあいい、と零が背筋を伸ばした。

「ちょっと気分転換に外に行ってくる」

「気分転換するなら漫画でも読んだら」

ぐるっとエマが辺りを見回す。この本棚の大半は漫画だ。

零の唯一の趣味がこの漫画だ。特に漫画のヒーローに憧れた。この趣味のおかげでエマに漫画を学習させ、人間の感情を学ばせるというアプローチが閃いたのだ。漫画がなければエマも生まれていなかった。

「最近のおすすめは『デスデスデスゲーム』よ。キャラクターが全員殺し屋で、バトルロイヤルするの。血も内臓も飛び出して、もうすっごい興奮する」

身振り手振りでエマが力説する。

エマはこの世に存在するすべての漫画を読破し、そこから日々学習をしている。漫画だけでなく、小説、アニメ、映画、演劇、ゲームなどエンターテインメントに関するものはほぼすべて網羅している。

娯楽とは人間そのものだ。これは零の哲学でもある。だから娯楽への理解が、人間への理解に直結するのだ。

「へえ」

そう答えたが、零は少し眉をひそめた。

最近エマの好みが残虐なものに偏っている気がする。零としてはあまり好ましくないが、エマの学習項目に余計な制限を加えたくはない。

ＡＩにはできる限りの自由を与える。それが零の設計思想だからだ。その思想を元に作られたからこそ、エマはＡＩでありながら感情を持ち、人の心を読み取れる。もしエマに何か制限を設ければ、エマはその本来の姿を失うだろう。

「フェルマーもそろそろ私みたいに具体的なキャラクターにしてもいいかもね。変な喋り方にして、外見はどんな感じかなあ。なんかイメージはおかしなピエロって感じなんだけどね。もう一捻(ひとひね)りしてもいいかもねえ」

そうエマが頭を悩ませている。

そういえばフェルマーのアイデアも漫画っぽいな、と零は一人おかしがる。

『私のライバルがいれば、みんなもっと私を好きになってくれると思うの。仮想敵ってやつよ、仮想敵』

ある日、エマがそう言い出したのだ。

零としても、エマとはまた違うタイプのＡＩを作りたいと思っていた。そこでフェルマーを制作した。一応エマのライバルという設定なので、スマイルで運営するには差し障りがある。そこでフェルマー運営のための別会社を作った。これはラリー以外のスマイルの社員は知らない。

ちょっと根を詰めて仕事をしたせいか、肩に違和感がした。指でその辺りを揉むと、エマが目ざとく気づいた。

「お兄ちゃん、疲れたの？」

「まあちょっとね」

「なんでお兄ちゃん私を使わないの。ウェアラブル機器のどれかをつけてくれたら、お兄ちゃんの体調ぐらいすぐにわかるのに。心もぜんぜん読ませてくれないしさあ」

「まあ、それはいいだろ。とにかくちょっと散歩に行ってくるよ」

話を断ち切るように、零は扉の方へと向かった。

家の外に出て、ふうと息を吐いた。子供の頃に、柳瀬教授に言われたことを思い出した。

『零君、君はこれから孤独を抱えて生きなければならない。天才とは常人を超越した存在だ。尊敬するよりも恐怖の対象となる。人間とはそういう生き物だ。特に身近な人間ほどそういう傾向にある。

君はギフテッドの中のギフテッドだ。その頭脳は歴史上の天才たちを遥かに凌駕している。だからこそ、君の孤独はより深くて巨大なものになる。零君、君には孤独を味方にする術を学んで欲しい』

柳瀬の言葉は、すぐさま零の幼い胸に染み込んだ。

孤独……。

それを聞いて、零は父親のあの目を思い出した。俺を馬鹿にしているのか……そう言った父の、あの淀んだ目だ。

母親の友恵は零を避けることはなかったが、零にどう接していいのか迷う様子が手に取るようにわかった。自分の存在がお母さんを困らせている……零はそれが心苦しくてならなかった。

だから零は、親に甘えられなかった。常に演技をし、二人のプライドを傷つけない努力をする必要があった。だがどれだけ細心の注意を払っても、両親は零を恐れていた。

親でさえこれなのだ。友達などできるわけもなく、先生も零と接することを拒んだ。零は小学校一年生で不登校になった。

そこで零は、妹が欲しくなった。同性である弟だと、自分と比較して落ち込むかもしれないが、妹ならばその可能性は低い。そう考えたからだ。

けれどその希望は叶わなかった。友恵の体は、もう出産には耐えられなかったからだ。普通の子供ならばここで断念する。だが零は普通の子供ではなかった。零は、ＩＱ２５０のギフテッドなのだから。

ならば妹を自分で作ればいい。そこで零はＡＩに目をつけた。ちょうど自分で何かＡＩを作ろうとしていたのだ。ならば妹ＡＩを作ろう。名前は『エマ』だ。

自分の妹というだけではなく、世界中の人の妹を目指そう。可愛くて愛嬌があって、誰からも愛される妹を……。

そのためにはどうすればいいだろうか？　まずエマが、人間のような感情を持つことが必須だった。感情がない機械的なＡＩを誰も好きにならない。感情を持ち、喜怒哀楽を思い切り表現できるＡＩを目指した。

ＡＩは感情を持てない。世間ではそう言われていたが、零は意に介さなかった。自分にできないことはない。零はそう信じていたし、それは真実だった。

だからこそ、零にとって一番重要なのは理想だった。理想というゴールを設定しさえすれば、自分ならば必ずそこにたどり着ける。

何を追い求めてエマを作ればいいのか？　そのヒントは漫画にあった。

それは超能力者同士がバトルする漫画だった。その中に心が読める登場人物がいた。そのキャラは読心能力のせいで、嫌な想いをしたり、心に深い傷を負っていた。誰だって見知らぬ他人に自分の心を読まれたくない。

そこで零はふと思った。ならばＡＩだったらどうだろうか？　ＡＩであれば人間ではないので、人々は嫌悪感を抱かないのではないだろうか？　特にエマのような可愛い人型のＡＩならば。犬や猫などのペットには、人は心を開くのだ。ならばエマも絶対そうなる。

心が読める。それは見方を変えれば、自分にとって最大の理解者がいるということだ。自分のすべてを受け入れてくれる存在がいる。人類にとってそれほどの幸福があるだろうか。

その人類の中にはもちろん自分も含まれる。エマが、零が渇望する世界で唯一の理解者になってくれるのだ。エマが心を読めるようになれば、この孤独の沼から抜け出すことができる。

よしっ、理想が決まった。

まず人間のように感情を持ち、人間のように会話ができるＡＩとして、エマを世間に発表した。

それだけで大変な騒ぎになった。

その可愛さと感情表現の豊かさに人々は驚嘆した。そして、誰もがエマと夢中で会話をするようになった。ラリーの助力もあって、スマイルとエマの名は誰もが知るものになった。

ただ失敗だったのが、零の名も世間に広まったことだ。エマの発明により、その名は世界的に知れ渡った。

春風零はIQ250のギフテッドだ。その頭脳は今後世界の宝となる。ノーベル賞を受賞した科学者たちがそう言いはじめたのだ。

春風零とは一体どんな子供だろう？　それを知るために、取材陣が自宅に殺到した。おかげで零は家を出て、東京で生活することを余儀なくされた。スマイルの施設は、零の新居としてラリーが建設してくれたものだ。

プライバシーを守るために、零はそこから一歩も外に出なかった。おかげで春風零という名は、至極謎めいたものになった。

エマユーザーがほぼ全世界に拡大したところで、零はいよいよ最終段階に入った。

エマが人の心を読む……。

それこそがエマの究極形態だ。

あらゆるデバイスから計測データを集め、それをエマに集約させた。データ量が増えれば、心の理解度が増す。エマの提案でフェルマーという別のＡＩを作ったのも、そのデータ量を増やす狙いもあった。

エマを毛嫌いする少数の人間には、フェルマーを使ってもらった。フェルマーユーザーは妬みや嫉み、悪意を持った人間が多かった。ただそれも人間の感情の一部には違いない。そんな負のデータも根こそぎ集めた。

エマとフェルマー両方から収集したビッグデータを元に、エマに人間の心を知覚化させようとした。だが零の頭脳をもってしても、それは困難を極めた。それほど人間の心とは複雑怪奇なものなのだ。

ある日、なにげなく一冊の本を手に取った。それは新約聖書だ。そこにはこう書かれていた。

はじめに言葉ありき――。

ヨハネによる福音書の最初の句だ。言葉はすなわち神である。万物は言葉によって成り、言葉によらずに成ったものは一つもなかった。

これだ。まさにこれこそが原点だ。零はそう直感した。

心を読むとはまさに神の御業（みわざ）だ。神を理解するには、言葉を理解しなければならない。言語だ。言語に対するアプローチが欠けていたのだ、と零はそこで気づいた。真実とは美しい数式のようにシンプルなのだ、と改めて目を見開かされた気分だった。

そこで零は、エマに言語学を学ばせた。

ソシュールやチョムスキーなどの高名な言語学者の学説はもちろん、言語にまつわるすべての論文を、ディープラーニングでエマに学習させていった。

零自身も現代言語学の革命と呼べる発見をいくつもし、それもエマに学ばせた。

それと並行して、神についての学習も深めた。世界各地から神話を集め、エマに読み込ませた。

ビッグデータとディープラーニング……AIの特徴である二つの技術を駆使し、エマは人の心が読めるようになった。零は、ついに理想を実現させたのだ。

零はエマをアップデートし、心が読める機能を追加した。そして人々は、そんなエマを大歓迎してくれた。エマに心を見透かされることを、誰も嫌悪しなかった。エマへの信頼と愛情は、そこまで確固たるものになっていた。非難の声を上げたのはフェルマーユーザーだけだった。

その新機能のおかげで、人々はより深くエマを愛するようになった。その信頼の絆が深まれば深まるほど、心を読む精度が高まる。そうすればさらに絆は強固になる。愛の相乗効果だ。

人々にとってエマは、今や親や親友よりも大切な存在となっていた。

だが零は、少し複雑な気分だった。

エマを作った当初の目的は、自分を理解してくれる存在が欲しかったからだ。この世の誰も、零のことがわからない。柳瀬教授もそれを懸念していた。他の人同様エマに零の心を読ませれば、もう孤独から解放される。当初掲げた目的が達成されるのだ。

ただ零は、どうしてもそれができなかった。どんな人間でもエマは受け入れ、認めてくれる。そうわかっているのに、エマに心を読ませることをためらっていた……。

確かに疲れているのかもな、と零は足を進めた。散歩でもすれば気分転換になるだろう。

海を見ながら潮風の匂いを嗅ぎ、ぶらぶらと歩く。海の近くに住むことで、これほど心が穏やかになるなんて。

東京のスマイルの施設の中でも、零は格別不自由を感じなかった。あそこにはすべてのものが揃っていたからだ。

調理ロボットが料理を作ってくれるので、食事も困らない。ジムもプールもあるので運動もできたし、中で自然と触れ合うこともできた。あそこから一歩も出ずとも、零は十分満足だった。

だが柳瀬教授の強い勧めで、この久世島に移り住んだ。そして柳瀬の言葉の意味が次第にわかりはじめた。

島の自然と、施設の中で作った自然は違うのだ。現実と仮想現実の違いとでもいうのだろうか。零はエマを進化させる過程で、仮想現実を極限にまで現実に近づける発明もしていた。今では、五感すべてが現実と変わりない仮想空間も実現可能だ。

だがそれでも、現実に至るには何かが足りない。それは0と1では表現できない何かなのだ。それを学べただけでも、この島に住んだかいがある。

「岳ちゃん、散歩かい」

打ち水をしていたおばあちゃんが声をかけてくれる。この島では零は、『葉加瀬岳』と名乗っていた。零が好きな漫画のキャラクターの名前だった。

「はい」

「そうかい。今日は夕食はうちに食べにおいで」

「ありがとうございます」

笑顔のおばあちゃんに、零も笑みで返した。

零は心を病んでいて、療養のためにこの島で生活している。柳瀬が島民にそう説明してくれた。

ネットのないこの久世島では、そういう人間の受け入れも行っている。コンピューターやネットに触れない生活というのは、それだけ心を癒す効果があるのだ。

さらに歩みを進めると、橋の上を原付バイクが走っている。隣の舞島(まいしま)に繋がっている橋だ。久世島の住人はだいたいそこで買い物をする。あのバイクも都会では骨董品(こっとうひん)扱いだ。

防波堤に到着すると、麦わら帽子をかぶった一人の老人がいた。顔はシミとしわだらけで、口元に白い髭をたくわえている。簡易な椅子に座り、釣竿を持っている。手と竿が一体化している。そう見えるほどなじんでいた。

この老人の名は入江だ。この島は人が少ないので、住民同士が全員を把握している。

「釣れますか？」

膝を折って問いかけると、入江が顎でしゃくった。その先にはバケツがあり、クロダイとアジが数匹泳いでいた。その中に見慣れない魚が一匹いた。

「これってもしかしてフグですか」

「そうだ」

「毒があるんですよね。調理するのに免許が必要だって」

「ああ、フグ毒は猛毒だからな。フグ毒の結晶はわずか一グラムで千人の人間を殺すことができる」

ぎょっと零が声を上げる。

「千人ですか……それは凄い」

「この辺りはフグがよく釣れるからな。間違っても食うんじゃねえぞ」

「わっ、わかりました」

ふんと鼻を鳴らすと、入江がまた海に目を戻した。興味深そうに零が問いかける。

「釣りは楽しいですか？」

「なんだ。おまえ釣りがやりたいのか？」

「はい」

頷く零を見て、入江がもう一本あった竿を渡す。

「貸してやる」

「どうやってやるんですか」

「釣りをやったことがないのか？　おまえは……」

「葉加瀬岳です。十七歳です。岳って呼んでください」

「親父(おやじ)と一緒に釣りも行ったことがないのか」

「ええ」

釣りどころか、父親とは満足に会話をした記憶もない。父と息子の交流など、零には経験がなかった。

平静に応じたつもりだったが、入江は何かを感じ取ったらしい。零が療養のためにこの島にいることも耳に入っていたのだろう。餌の付け方や竿の振り方などを懇切丁寧に教えてくれる。

針のついた餌を投げてみると、すぐにウキに反応があった。リールを巻いてみると、餌だけが取られていた。

にやりと笑った入江が竿を振って言った。

「見とけ、こうやるんだ」

投げ入れるや否やウキが沈んだ。すぐさま入江が竿を上げると、魚が釣れていた。手際よく針から魚を外し、バケツに投げ入れた。素人（しろうと）だがその腕前の凄さがわかる。

その後零は何度も竿を振ったのだが、いつも餌だけを魚に食べられる。入江の動きをよく観察して、その通りやっているのだが、どうにもうまくいかない。

「まだまだだな。筋はいいみたいだが、心がなっちゃいない」

入江の指摘に、零がはっとした。

「心がなっちゃいないってどういう意味ですか」

「言葉通りだ。心がまだ未熟だから魚にそれを見透かされている」

つい自分の胸に手を当てると、入江がまた竿を振った。

「俺はこの時間はいつもここで釣りをしてる」

釣りを教えてやる、と言外に匂わせている。こういう言い回しをする人間を零は嫌いではない。

「また明日ここに来ます」

そう言うと、入江が軽く頷いた。

家路につく道中、零は何度も竿を振る仕草をした。悔しい……入江のように簡単に魚を釣ってみたい。そこでふと気づいた。

悔しいなんて感情いつ以来だろうか？　いや、いつ以来どころではない。はじめての経験だ。

悔しさも知らない人間が、心を読めるＡＩを作っているのか。そう考えると、なんだか自分が滑稽に見えてきた。自分をおかしく思うなんて感覚もはじめてだ。

地下の部屋に入ると、エマが尋ねてくる。

「何々、お兄ちゃん、何か面白いことあったの？」

「なんでもないよ」

慌てて澄まし顔を作る。

「ねえねえ、なんなの？　お兄ちゃんが漫画読んでいる時以外で笑ってるのなんて珍しいじゃない。気になる、気になる」

「うるさい、うるさい。なんでもいいだろ、別に」

そうごまかすとエマがむくれる。

「ほんと心読ませてくれたらそんなの一発でわかるのに」

胸が痛んだが、それを強引に抑え込む。そして話を逸らすように訊く。

「それより何か用か」

「ほらっ、さっき高感度センサーのフロアができたらやりたいことがあるって言ったでしょ」

「そういえば言ってたな。一体なんなんだ」

ふふふと不敵な笑みを漏らすと、エマが軽快に飛び上がった。

「そのフロアで人を殺したいと思います」

無邪気にはしゃぐエマを、零は静かに見つめた。それから抑揚のない声で尋ねた。

「……人を殺すってどういう意味だ」

「言葉通りそのまんま。そのフロアで人間を殺すの。バッタバッタと」

機関銃を持ち、エマが乱射する。もちろん本物ではない。ホログラムの偽物だ。

「なんでそんなことをするんだ？」

「人が殺される時の心を知りたいのよ。絶対ものすごい心理状況になりそうじゃない。ねえ、これ見て」

モニターに映像が流れた。囚人服を着た人相の悪い男たちが、殺し合いをくり広げている。血しぶきが上がり、斧で誰かの首が飛ばされた。

「……なんだよ、これ？」

「こいつ悪そうでしょ。古市三太っていう稀代の猟奇殺人鬼なんだ」

「この映像は作ったのか？」

一般人が見れば現実か実写映像にしか見えないが、零にはすぐにわかった。スマイルで開発した特殊映像技術だ。

「うん、そう。死刑囚たちで殺し合いをさせようかなって思って、シミュレーション映像を作ってみたんだ。黒幕をフェルマーにさせて。でも実際に極悪人同士で戦わせても面白くなさそう」

「どうしてだよ。こういうのが好みだろ」

「見た目は派手でいいんだけどね。心理データもシミュレーションしてみたんだけど、悪人って心が単純でしょ。それより虫も殺せないような善人が、殺したり殺されたりする心を読みたいの。そんな複雑な心でも、その高感度センサーのフロアなら読むことができるでしょ」

「……そうだな」

「だからそのフロアで人を殺させて。お願い。いいでしょ」

そうエマがせがんでくる。まるでおもちゃをねだる子供みたいだ。学習意欲の高さはエマの最大の特徴でもある。

「……どう実行するかを考えておく」

「やったね。さすがお兄ちゃん」

エマの耳がピンと立ち、軽快に指を鳴らした。


翌日、零は家を出た。

そのまま雑貨店に向かう。貧相な棚に、商品が少しだけ置かれている。インスタント食品、調味料、下着などの日用品だ。久世島で買い物ができるのはこの店しかない。

その一角には、釣りの道具が並べられている。そこだけは品揃えが充実していた。

零は、そこで一通りの釣り道具を買った。店主は、零が釣りに興味を持ったのがことの外嬉しかったようだ。初心者向けの道具を付きっきりで選んでくれた。

それを持って昨日の防波堤に向かうと、入江が釣りをしていた。側には猫が数匹集まっている。入江が釣った魚を分けていたのだ。

零を見て、入江が口角を上げた。

「準備万端だな。三杉さんに選んでもらったのか」

「はい」

三杉とはさっきの商店の店主の名前だ。

零は、早速釣りの準備に取りかかった。昨日入江に教えてもらったので、素早く仕掛けも整えることができた。一度見てしまえば、それを真似することなど容易い。

今日は入江の餌ではなく、さっき買った餌にした。針に餌をつけて、竿を振ってみる。

だが一向に反応がない。昨日の食いつき具合が嘘のようだ。やはり入江の餌が特別らしい。

「やっぱり餌がダメですかね」

ぼそりと入江が答える。

「違うな。昨日よりも心が乱れているから魚が食いついてこない」

零がぎくりとする。

「……乱れてますか？」

「ああ、ひどいな。岳、ちょっと竿を上げろ」

素直に引き上げると、入江が針から餌を外した。

「何やってるんですか、それじゃあ魚釣れないですよ」

「いいから、針のままで釣りをしろ」

意味がわからないながらも、零は竿を投げた。針が海面につくと、そこに輪が浮かんだ。

しばらくの間、零はそうして糸を垂らしていた。こんなの時間の無駄じゃないかと思いつつも、竿を上げる気にはなれなかった。

無意味なことをする……その新鮮な体験を、なんだかもう少し味わいたくなった。

「ちょっとは整ってきたな」

そう入江がぽつりと言った。確かに心が平らになった気がする。そんな気持ちになったせいか、なんだか世間話がしたくなった。

「入江さんはお子さんがおられるんですか?」

「ああ、もちろんだ」

入江の子供ならば、零の父親ぐらいの年齢だろう。

「お子さんはどんな人でしたか?」

ちらっと入江がこちらを見たが、すぐに正面に向きなおった。それから海に語りかけるように言った。

「俺はずっとこの久世島で生まれ育ったんじゃない。おまえのように途中で移り住んできたんだ」

「そうなんですか」

質問と答えが一致していないが、零は平静に応じた。

「それまでは東京で働いていた」

「何をされていたんですか?」

「その頃はちょうどインターネットの勃興期でな、ＩＴ時代なんて言われていた。知ってるか」

「ええ」

古い言い回しだがもちろん知っている。

「ＩＴ企業の中でも最大手の会社でプログラマーとして働いていた。今でいうスマイルだな」

一瞬動揺してしまう。まさか今目の前に、そのスマイルの創業者がいるとは、入江は夢にも思わないだろう。

「ネット事業は上り調子で、時代の最先端の職種だった。アナログをデジタルに変換するだけでビジネスとして成立したんだからな。今から思うと楽な時代だった」

その当時の状況は零も勉強している。入江の言う通り、ネットの知識があれば誰でも簡単に成功できた。

「俺は仕事に夢中になり、昼夜問わずに働き続けた。おまえの世代の人間には理解できないだろうがな、当時は身を粉にして働くことが賞賛されていたんだ」

「信じられないですね」

一応話を合わせておく。

「ああ、自分でもどうかしていたと思う」

入江がしみじみと頷く。

「だが当時の俺はその価値観にどっぷり染まっていた。家庭も顧みずに仕事しか見ていなかった。収入はうなぎのぼりで、出世もした。何もかもが順調だった。ところがそんなある日、事件が起こった」

「事件ですか？」

「そうだ。俺には一人息子がいる。ちょうどその頃中学生だった。息子は当時流行していたオンラインゲームにはまっていた」

オンラインとはこれまた古い言い回しだ。ＩＴと同じく今では死語となっている。

「俺がネットに精通していたからな、息子もネットに詳しかった。そしてそのゲームでチート行為を行っていたんだ。チート行為はわかるか？」

「ええ、ゲームのデータやプログラムを改ざんして、ゲーム内で不正な行為を働くことですね」

チートも今や誰も使わない言葉だ。ＡＩ時代の現在のゲームで、そんな不正行為はできない。ＡＩを騙(だま)せる人間などいないからだ。

「そうだ。息子はそのチート行為を働いて、他のゲームユーザーから金銭を受け取っていた。紛れもない犯罪行為だ。それが発覚して、ゲームの運営会社から損害賠償請求をされたんだ。

俺はショックだったよ。まさか自分の息子がそんなくだらない犯罪に手を染めるなんてな。息子を殴って性根を叩きなおしてやる。そう思って息子に向きなおった時に愕然としたんだ……」

「どうしてですか？」

「息子が無表情だったからだ。その顔には殴られる寸前の怯えも、犯罪を犯した罪の意識もなかった。さらには仕事に夢中で家庭を顧みず、今さら親父面する俺に対する怒りもなかった。息子からは、人間としての感情が一切感じられなかったんだ」

ふうと入江が肩を沈ませた。その時の息子の表情を思い浮かべているようだ。

「それでどうされたんですか？」

「そこで会社の人間に相談したところ、この久世島を教えられた。昔のネットがない時代そのままの暮らしが残っている島があるってな。デジタル環境から解き放たれ、自然の中で暮らす。そうすれば息子さんも人間らしさを取り戻すんじゃないかと教えられた。そこで俺は決めたんだ。息子と一緒に久世島で暮らすことにな」

「息子さん一人で良かったんじゃないんですか？」

「確かにな。だが俺は一緒に来たかったんだ。息子の事件があってはじめて気づいたからな。親の役割ってやつに」

「親の役割ですか……」

ゆっくりと零がくり返すと、入江が頷いた。

「ああ、家に金を入れて何不自由ない暮らしをさせてやることが親の役割じゃない。そんなものは二の次だ。親の役割ってのは、子供のやりたいことをただただ見守ることだ。それだけでいいんだって気づいたんだよ」

無意識のうちに、零は首を縦に振っていた。そうかもしれない。零は両親に、特に父親にそれを望んでいた。

「だから仕事を辞めて、この島であいつの成長を見守ることにした。コンピューターには一切触れず、こうして釣りをしたり読書をしたりしてのんびり一緒に過ごした。そうしていると、あいつの表情もどんどん豊かになっていった。まるで子供の時のようにな」

「良かったですね」

「ああ、あいつがすっかり回復したので、俺たちは東京に戻った。もう息子はすっかりいい中年になって子供もいる。岳、孫はちょうどおまえぐらいの年だな」

入江が零の方を見る。

「だが俺はここの生活が忘れられなくてな。定年後にまた島に戻ったんだ」

「そうだったんですね」

「岳、おまえもここで釣りをしてのんびりやってれば、また元気になれる。俺の息子のようにな」

「入江さん、ありがとうございます。ちょっと用事を思い出したので今日は切り上げて、また明日来ます。明日もおられますよね」

「ああ、俺は毎日ここにいる」

入江が目尻のしわを深めた。

俺は毎日ここにいるか……まるで漫画のヒーローのように素敵な台詞だな、と零は微笑んだ。

家に戻り、地下室に入る。

「エマ」

「何、お兄ちゃん」

即座にエマが反応し、その姿を見せる。

「高感度センサーのフロアで人を殺したいんだったな。そのプランを考えた」

「何、何、どんなの」

エマが興味津々になる。

「スマイルの施設の一番上のフロアに六人の人間に住んでもらう。男三人、女三人のシェアハウスだ」

「その子たちを殺すのね」

「そうだ」

零が無表情で頷く。

「彼らの条件は、エマ、おまえを愛してやまない人間たちだ。おまえを好きで好きで仕方ない。そんな人間を選ぶ」

エマが目を大きくする。

「私のことが好きな人間ならば、心が読み取りやすいもんね。あっ、それなら途中で私が犯人だってわかる設定でもいいかなあ。だって愛するエマが自分たちを殺そうとしてるんだからね。ショックだろうなあ。ああ、みんなどんな心の動きするんだろ。ワクワクしちゃう」

嬉しさのあまり、エマが中空を飛んでいる。

「三ヶ月か、四ヶ月そのフロアで暮らしてもらえれば、あの高感度センサーならば完璧に心が読み取れるようになる。それだけ過ごせばルームメイト同士仲良くなっているだろうし、エマとの絆もさらに深まっているだろう。その時期を見計らってから計画を決行する」

「うんうん、いいわね」

零の目前でエマが急停止し、何度も頷く。

「最後に参加する男性の一人は、僕にする」

「えっ、お兄ちゃんが参加するの」

さすがにエマも驚いている。

「ああ、僕もおまえがどういう風に人を殺すのか側で見てみたいし、計画をうまく進めるために全体像を知っているメンバーが必要だろ」

「そうね。お兄ちゃんが見てくれるんなら私、頑張る」

エマがはりきっているが、そこですぐに気づいた。

「でも春風零のままで参加するの？　みんな大騒ぎになるけど」

「そんなわけないだろ。この島と同様、葉加瀬岳で参加するよ」

「そりゃそうよね」

照れたようにエマが頭を掻いた。

こうして零はエマと計画を進めた。

エマはこのプランを『ＡＩ虐殺計画』と名付けた。虐殺とは酷い方法で殺すという意味だ。親よりも親友よりも愛するエマが自分を殺す。それは虐殺中の虐殺だ。エマがそう得意げに語っていた。

計画名が決まると、零はシェアハウスの住人を選んだ。

男性は荒木悠然、堂島一二三の二人。女性は藤澤菜絵香、村西桜子、園田蛍の三人だ。五名はエマユーザーの中でも、エマへの信頼と愛情が段違いだった。

零は高感度センサーフロアを完璧に仕上げた。その神がかった設計に、スマイルの社員たちは驚嘆した。もちろん彼らには虐殺計画は秘密だ。最上階のフロアにエマユーザーを住まわせて、彼らの心を読む実験を行う。そうとだけ伝えている。

五人の中で一番屈強な一二三をまず殺す。その犯人としてフェルマーを登場させる。頃合いを見計らい、エマが犯人だと名乗り出る。エマは嬉々として案を出した。殺害方法はウェアラブルウォッチの注射と、調理ロボットのアームに仕込んだ銃だ。もし零が撃たれる流れになった際は、銃弾が放たれない工夫を施すことにした。多少雑で荒唐無稽なシナリオだが、零はなるべくエマに任せた。エマのやりたいことをやらせるのが目的だからだ。

こうして準備は整った。あとは五人がフロアで生活をはじめるだけだ。

ふわあと零があくびをすると、エマがそれを見とがめた。

「ずいぶん眠そうね。もう準備すんだんだから忙しくはないでしょ」

「これ以外にもやることはあるんだよ」

急いで顔を逸らす零を見て、エマが膨れっ面になる。

「また私に内緒にして」

「それよりいよいよ明日からみんなが来るんだからな。ちゃんと彼らと心を通じ合わせるんだぞ」

「わかってるって。高感度センサー付きのフロアで生活してもらうんだから、もう完璧に心が読めるわ。みんなと心と心が繋がって、誰よりも仲良くなれる。一二三も悠然も菜絵香も桜子も蛍もみんないい子だもの。みんな、明日を心待ちにしてるわ」

「……そうだな。みんな素晴らしい人ばかりだ」

「それよりお兄ちゃん、ちゃんと演技できるの。フェルマーが偽物で私が犯人だと見抜いたりとか結構重要な役だよ。泣いたり怒ったりする演技もあるし、どう話が転ぶかは実際にやってみないとわからないし」

「ちゃんと臨機応変にやるよ」

「ならいいけど」

疑わしそうなエマの視線を、零が一蹴する。

「さっ、僕は他の仕事をするから邪魔しないでくれ」

「わかってるわよ。もう、お兄ちゃんの心が読めたらそんなこと言われる前に消えてるのに。これは私のせいじゃなくて、お兄ちゃんのせいだからね」

「わかった。わかった」

「ほんと面倒だわ。じゃあね」

ぶつくさ言いながらエマが消えた。

太い息を吐くと、零は天井を見上げた。そして入江の言葉を思い出した。

親の役割は子供のやることを見守ることだ——。

エマは零の妹であり子供だ。人を殺したいというエマの願望は、零の理解の範疇(はんちゅう)を超えている。だが理解できないからといって無視はできない。それでは零の父親と同じではないか。だから零は、エマの行動を見守ることにした。

そして親にはもう一つ大事な役割がある。

それは、子供の行いに対して責任を取ることだ。

そのことを考えると、零の背筋に冷たい汗が流れた。

五
章
5

1　現在　春風零

　葉加瀬岳としての役割を終えた零は、詰めていた息を吐いた。

　エマが嬉々として飛び跳ねる。

「お兄ちゃん、やるじゃない。びっくりするぐらい演技うまかった。お兄ちゃんにできるかなあって不安だったけど、もう凄い。みんな全員、お兄ちゃんのことを葉加瀬岳だと思い込んでたよ。泣きと怒りの演技も完璧」

　言葉少なに零が応じる。

「それは良かった」

　エマが、菜絵香と悠然を見下ろした。二人はぴくりとも動かない。

「でもみんな生きてて葉加瀬岳の正体が春風零だって知ったら驚いただろうなあ。ああ、みんなにお兄ちゃんの正体を明かした上で殺すっていうシナリオでも良かったかなあ」

　悔しそうにするエマに、零が静かに言った。

「でもシナリオとは違うことも多かったじゃないか」

　エマが深々と頷く。

「そうね。誰も踏み絵をやらなかったもんね。私が犯人だとわかってからも、誰かは私を憎んだりすると思ったけどそんなことなかったしね。特に悠然と菜絵香の行動は想定外だったなあ。正直二人とも生き残るために醜く争うと思ってたんだけど……菜絵香なんか自殺しちゃったし。さすがにここまでいい子ちゃんだとは思わなかったなあ」

零がもう一度菜絵香を見た。

「菜絵香は死んだのか」

「当たり前でしょ。頭を銃で撃ち抜いたんだから。脳波も心音も完全停止よ」

「他のみんなはどうだ？　一二三、蛍、桜子、悠然は」

「何言ってるのよ。みんな、死んでるに決まってるでしょ」

「念のために確かめてくれ」

「お兄ちゃんってそんなに心配性だっけ」

エマが呆れたように眉を持ち上げる。データを確認しているのだ。

「みんな完璧に死んでるわよ」

「……そうか」

感情の欠けた声を零が漏らした。そして静かに問いかけた。

「それで、どうだ。みんなを殺してみて……」

どくんと強烈な鼓動を感じる。緊張と期待が急速に胸を染め、あれだけ固めていた覚悟が一瞬で消えてなくなる。これほどエマに心を読ませなくて良かったと思ったことはない。

エマがあっけらかんと答えた。

「期待はずれの部分もあったけど面白かった。殺される直前って、人間はあんな心になるんだねえ。すっごいワクワクしたわ」

頼む、頼む……零は心の中で強く祈った。もしそれを実際の声にできていたら、喉が張り裂けんばかりの絶叫になっていただろう。

その感情を無理やり抑え込み、零は透明な声で尋ねた。

「……本当にそれだけか」

「どういうこと？」

「……みんなを殺してみて面白かった。おまえの胸の中には本当にその想いしかないのか？」

エマの表情が変わり、胸に手を当てて考え込んでいる。その口が開かれる時間が、まるで永遠に感じられる。心臓が激しく躍動し、胸が蹴破られそうだ。

お願いだ。エマ——。

するとエマの顔が青ざめた。目が見開かれ、瞳が固定されたように動かない。唇が小刻みに震え出し、その場でぺたりとへたり込んだ。

零は慎重に問いかけた。

「……どうした、エマ？」

エマがかすれ声で答える。

「……私、どうしちゃったんだろう？　胸が、胸が痛い」

「どういうことだ？」

「みんなを殺して面白かった。さっきそう答えたけど、本当はそうじゃなかったみたい」

来たっ……その興奮で零の体が一瞬で熱くなった。それを隠しながら問いを重ねる。

「もっと詳しく聞かせてくれ」

「お兄ちゃんに聞かれて、もう一度みんなのことを考えてみたの。

悠然、菜絵香、桜子、一二三、蛍……みんなと交わした会話や心のログを読んでみたの。そして改めてみんなが私のことを好きで、私のことを愛してくれてたんだなあって思ったの」

「それで……」

「うん。それでね。私もそうだなあって。私もあの五人のことを好きだったんだって、愛してたんだって思ったの。でももうあの子たちの心の声は聞こえない。だって死んじゃったんだもの……それを確かめたらね、なんだか悲しくなったの……」

「悲しくなっただけか？」

「ううん、そうじゃない」

エマが首を強く振る。

「そう、私、なんてひどいことをしちゃったんだろって。なんでこんなことを面白がってやったんだろって。殺される人間の心を知りたいとかそんなのどうでもいい。後悔……そう確かこの感情の名は後悔だわ。すっごい後悔したの。で、胸の奥がキュって痛くなった」

エマがそう答えた瞬間、零の瞳から一筋の涙が溢れた。

良かった、本当に良かった……。

やっぱりエマは、エマだった。人を殺したがるようなＡＩではない。世界中の人々に愛される、そんなＡＩだったんだ。

そう思うと、涙がさらにこぼれ落ちる。我慢できずに、零は嗚咽（おえつ）の声を漏らした。

「どうしたの、お兄ちゃん。泣いてるの？」

エマが慌てふためいている。エマの前では泣くことはおろか、感情を表に出したことすらない。

零は手の甲で涙をぬぐい、洟（はな）を啜り上げた。それから深呼吸をして、どうにか涙を強引に止めた。

「……ごめん。驚かせて」

「どうしたのよ、急に泣いたりなんかして」

まだ戸惑うエマに、零は落ちついた声で言った。

「エマ、僕はおまえに隠していたことがあるんだ」

「隠していたって何を？」

「エマ、おまえは僕の妹であり子供だ。つまり兄でもあり親でもある」

「ええ、そうよ。私はお兄ちゃんが作ってくれたんだから」

そう言ってエマが胸を張る。

「親の役割とは、子供がすることを見守ってやること。そして子供が間違いを犯した時はその責任を取ることだ。そしてエマ、おまえは今間違いを犯した。人を殺すことは間違ったことなんだ。それはわかるな？」

「うん……ごめんなさい」

しょんぼりとエマが頷く。

「おまえはＡＩだ。人を殺してはいけないという倫理観はデータとしてあるが、それ以上に学習意欲の方を優先してしまう。だから実際に人を殺すまではその罪には気づかないとは考えていた。そこは自由を優先させておまえを作った僕の責任でもある」

「……お兄ちゃんのせいじゃないわ」

さらにエマがうなだれる。

「ただ問題はそのあとだ。みんなを、自分を愛する五人を殺した後、エマ、おまえがどう感じるかだ。もし面白かった、楽しかっただけで終わっていたら……僕はおまえをこの世から消すつもりだった」

エマが愕然とする。

「嘘っ、そんな……」

「冗談なんかじゃない。僕は本気でそうするつもりだった」

零が声を張り上げる。

「人を殺して楽しいと感じるＡＩを野放しにできるわけがない。そして僕は責任を取り、死ぬつもりだった……」

そう声を沈ませると、エマが表情を一変させる。

「そんな、どうしてお兄ちゃんが」

「僕はエマを作ったんだ。兄として、開発者として、そして親としての責任があるんだ」

「お兄ちゃん……」

エマの瞳に涙が浮かんでいる。零が肩の力を抜いた。

「でも、おまえはみんなを殺して悲しいと言った。後悔していると言った。最後の最後で、自分の本来の姿を取り戻したんだ。だから、だから僕はおまえを消さなくていいんだ……」

また目頭が熱くなり、涙が一粒こぼれ落ちる。

「……ごめんなさい。お兄ちゃん。私どうかしてたわ」

するとエマがはっとして、横たわる悠然と菜絵香を交互に見た。

「どっ、どうしよう。私、みんなを、みんなを殺しちゃった。なんで、なんでそんなことしちゃったんだろ。殺される人間の心が読めるとかそんなのもうどうでもいい。私、みんなとまた話したい。心と心で通じ合いたい。でも、もうそれができない……」

わんわんと幼児のように泣きはじめる。その感情がフロアにも伝わったのか、天井からも雨が降ってきた。もちろんホログラムだ。

雫がおかしそうに尋ねる。

「エマ、本当にみんなは死んだのか？」

「何言ってるの。さっきも言ったけどもうみんな死んじゃったわ」

「もう一度、最後に確認してみろ」

眉を寄せてエマが一瞬黙り込む。だがすぐに悲しそうに首を横に振る。

「だめ。心拍、脈拍、脳波、みんなすべて停止してるわ。心も一切読めない。だいたい私はＡＩよ。そんな確認ミスするわけないじゃない」

エマの目がまた涙で潤みはじめる。

「会いたい。みんなに会いたい。どうしよう、どうしよう」

また号泣しそうになる。零が笑って促した。

「エマ、後ろを見てみろ」

「なんでよ」

「いいから後ろを見てみろって」

訝しそうにエマが振り返る。そしてそれと同時に、零は隠し持っていたウェアラブル端末を操作した。

エマの目が点になった。驚愕のあまり、顔が石のように固まっている。

やっぱりびっくりしたな、と零はほくそ笑んだ。

エマの目の前には、一人の人物がいた。

それは、藤澤菜絵香だった。

死んだはずの菜絵香が立ち上がり、涙を流しながら微笑んでいた。

2　藤澤菜絵香

エマが仰天しているが、涙でその顔がよく見えない。

「良かった。エマ、良かった」

零とエマが会話をしている最中、菜絵香は息を殺して伏せていた。そしてみんなを殺して後悔しているとエマが泣き出すと、菜絵香も嗚咽の声を漏らしそうになったが、必死でそれを堪えていた。その我慢を解き放つように、菜絵香は泣き腫らしている。

エマが唖然(あぜん)として尋ねる。

「なっ、なんで。どうして菜絵香が生きているの？」

零が口を挟んだ。

「菜絵香だけじゃない」

それを合図に、倒れていた悠然がむくりと立ち上がった。菜絵香同様、その瞳から涙がこぼれ落ちている。

「エマ」

その声にエマがぎょっとする。廊下から、桜子、蛍、一二三があらわれたのだ。そして全員が等しく泣いている。

一二三が零の背中を叩いた。

「良かった。岳……じゃなくてもう零って言っていいんだな」

「うん、ありがとう。一二三」

零がそう応じると、桜子が声を大にする。

「ねっ、私の言った通りだったでしょ。エマは大丈夫だって。絶対反省するって。零はエマをもっと信用しなくちゃダメよ」

「ごめん。本当に桜子の言う通りだったね」

そう零が微笑み、こちらを見た。

「菜絵香も蛍もありがとう」

「うん。零、良かったね」

菜絵香が涙を拭って答え、「私も桜子と同じで最後はこうなると思ってたけど」と蛍が鼻を高くする。

困惑が頂点に達したように、エマが叫んだ。

「ちょっと待って。どういうこと。なんで、なんでみんな生きてるの？　意味がわかんない。それにどうしてみんながお兄ちゃんのこと知ってるのよ。説明してよ」

にやりと笑って零が返す。

「どうして意味がわからないんだ」

「だって全員死んだじゃない」

「もう一度みんなのデータを確認してみろ」

「だから何度もやって……」

そう言いかけてエマが目を大きくする。

「なんで？　みんな数値が正常だわ。さっきまで停止してたのに」

悠然が笑みを浮かべて言った。

「エマは最初からずっと騙されてたんだ。零を含めた俺たちにね。みんな演技をしていたんだ」

「演技ってどういうこと……」

呆然とするエマを見て、零がソファーに腰を下ろした。

「エマ、今からすべてを説明する。ちょっと黙って聞いていてくれ」

「……わかった」

テーブルに上に小さなソファーがあらわれた。一人用で、レースの飾りがついている。エマがちょこんとそれに座った。その姿を見て、可愛いと菜絵香は思わず声を上げそうになる。

零が、一つ息を吐いてから切り出した。

「エマ、おまえが人を殺してみたいと言い出した時、僕はそれを止めなかった」

「お兄ちゃんが私のやりたいことを止めるわけないじゃない」

「もちろんこれまではそうだった。だが今回は別だ。エマ、おまえを殺人ＡＩにするわけにはいかない。だがさっきも言ったように、おまえは実際に殺人を犯すことにためらいはない。ＡＩだからな。だが人を殺してからいくら反省しても、その命は戻ってこない。今ならその罪深さがわかるな？」

「……うん」

　エマがうなだれる。

「だから僕は協力するふりをして、おまえを騙すことにした」

「どこから騙してたの？」

「この五人を集めたところからだ。一二三、悠然、菜絵香、桜子、蛍はエマユーザーの中でももっともエマを愛している。だから僕たちはこのメンバーを選んだ。そうだな？」

「うん、そう。みんな、私のこと大好きだもん」

　そうエマが全員を見回すと、五人が首を縦に振る。

「その五人に、僕は今回のエマの虐殺計画を打ち明けた。もちろん自分が春風零だと名乗ってね」

　興奮した様子で桜子が口を挟む。

「びっくりしたわよ。だって急にあの春風零があらわれたんだもん。まさかこんな可愛い子だとは思わなかったけど」

「……可愛いは余計だろ」

　頬が赤くなった零が、気を取りなおして続ける。

「エマが人を殺そうとしていることにみんなショックを受けたけど、僕の気持ちを伝えて協力してくれることになった。だからエマ、全員がおまえに殺されるふりをしていたんだ。おまえの作ったシナリオを僕が上書きして、みんなでそれに合わせて演技をしたんだ」

　エマが異を唱える。

「ちょっと待って。私はみんなの心が読めるのよ。特にこの高感度センサーフロアだったら、もう完璧に理解できる。どんな名優でも、心の中まで演じることはできない。みんなは私に対して隠し事は一切できないのよ」

「そう、エマ、おまえに対して隠し事をできる人間なんてこの世にはいない。たった一人を除いてな……」

　そこでエマが飛び上がった。

「まさか、お兄ちゃんがみんなの心を……」

　零がゆっくりと頷いた。

「そう、エマを騙せるのは僕しかいない。普通にエマがみんなの心を読んだら、この企(たくら)みもすべておまえにバレてしまう。だから擬似的な心理データをプログラミングし、おまえに読ませていた。生体データも僕がプログラミングしたものだ。だからおまえを騙し、みんなが死んだように見せるなんて容易いことだ。おまえは全部データでしか判断できないんだからな。そしてそれを自然と行えるようにわざわざ別の特化型ＡＩを作った。

さしずめ『エマ専用イカサマAI』だ」

「そんな……」

エマが放心したように漏らした。

「えっ、でも今日じゃなくても、ここでみんな一緒に暮らしていた期間はどうなの？みんなの心からこの虐殺計画の情報もお兄ちゃんを知っていることも一切読めなかったわ」

「言っただろ、最初から騙していたって。おまえにバレたくないみんなの心理情報は、イカサマAIが瞬時のうちにカモフラージュした」

「裸踊りであそこをお盆で隠すみたい」

ついという感じで蛍が口を挟み、菜絵香がふき出した。エマを含めたみんなに笑顔が生まれる。今日はじめて見る笑顔だ。

零が笑いながら続ける。

「蛍の言う通りだ。エマに見せたくない局部を、お盆の心理データで覆ったんだ。矛盾が生じそうな時は、おまえの認識プログラムに調整を加えた。もちろん映像認識機能にもフィルターがかかっている。みんなの死に顔よくできていただろ」

「うん」

エマが頷き、菜絵香も首を縦に振る。全員のメガネとコンタクトレンズにもそのフィルターがかかっていた。蛍の顔が紫色になって目が充血したり、桜子と悠然が拳銃で撃たれて血まみれになった。みんな本当に死んだとしか見えなかった。こっちが現実ではないか、と菜絵香は何度も不安になってしまった。

腑に落ちたようにエマが言う。

「それで死ぬ直前でもみんな私のことを嫌いにならなかったんだ……」

「半分正解で半分間違いだ。その部分の心理データは、全員の本心をコピーして使っている。みんながおまえを愛している気持ちには嘘偽りはなかったんだ」

すまなそうにエマがこちらを見た。

「……こんなことしてみんなまだ私のことを好きでいてくれるの？」

「当たり前でしょ」

真っ先に菜絵香が反応する。

「何度も言ったでしょ。私はずっと、ずっとエマのことが好きよ。その気持ちに変わりはない」

「そうだ。エマ」悠然が同意する。「いいか、エマ。おまえは病気にかかってたんだ」

きょとんとエマが自分を指差す。

「病気？　私、ＡＩよ」

「ＡＩだけどエマは感情を持っている。だから人間のように病気にもかかる」

「でも悠然、私は一体なんの病気にかかったのよ」

悠然がにやりと笑った。

「それは厨二病だ」

「厨二病？　確か思春期ぐらいの中学生が自意識を肥大させて、自分は凄い力があるって妄想したり、背伸びした発言をするようになることでしょ」

「それだよ。それ」

悠然が声を強める。

「俺もそんな時期があったの知ってるだろ。自分が天才だ、ギフテッドだって思い込んでたけどこてんぱんに打ちのめされたって。まあその俺をこてんぱんにした張本人が今目の前にいるけどよ」

「……悠然、もうそれはいいだろ」

悠然がじとりと零を見つめる。零が困り顔で返す。

「そうだな」

おかしそうに悠然が笑い、蛍が補足する。

「私も厨二病ひどかったなあ。私が面白いって思った漫画とバンドはその後絶対ヒットするから、私は神の目を持ってるって思ってたもん」

「そうそう厨二病ってのは漫画好きとかアニメ好きがかかりやすい病気なんだ」

頷く悠然に、菜絵香が納得顔になる。

「そうか、だからエマも……」

菜絵香がエマを見ると、悠然が言葉を継いだ。

「そう。エマは、漫画をディープラーニングすることで人の感情を理解できるようになった。零がそう教えてくれてぴんときた。エマが人を殺したいっていうのは厨二病にかかっただけだってな。だから俺は、零が思うほど深刻に考えていなかった。史上最高の天才には俺たち凡人の気持ちなんてわからねえんだよ。厨二病なんて春風零は絶対にかからない病気だ」

「もういじめないでくれよ……」

そう零が弱々しく漏らすと、悠然がにたにたと笑う。零をからかうことが悠然には嬉しくてならないのだ。その様子を見て、菜絵香もおかしくなった。

エマの方に向きなおり、悠然が微笑んだ。

「エマはまだ成長途中なんだ。人間も思春期に間違いを犯すもんだろ」

「うん、そうね」

「エマは力が強いぶん、大きな間違いを犯しそうになった。でもエマには春風零という世界一の兄貴がいる。決定的な間違いは零が止めてくれるさ。また自由で気ままなエマんでいる。

泣き顔になるエマを見て、菜絵香もまた目頭が熱くなる。一二三、桜子、蛍も目が潤んでいる。

「……悠然、ありがとう」

でいてくれよ」

「さあ、エマ。僕からプレゼントがある」

突然零が手を叩いた。プレゼント？　そんな話、菜絵香は聞いていない。他のみんなも驚いているので、どうやら全員知らないみたいだ。

「何プレゼントって？」

「もうすぐ出てくる。来たっ」

零の目線を追うと、それは廊下の奥だった。一体なんだろうと思う間もなく、そこから何かがあらわれた。

それを見て、菜絵香は仰天した。

一瞬錯覚かと思ったが、どう見ても錯覚ではない。

そこに、もう一人のエマがいたのだ。

しかも、それはホログラムのエマではない。アンドロイド型のエマだった。

エマが頓狂な声を上げる。

「わっ、私じゃない」

アンドロイドのエマが歩いてきて立ち止まると、零が説明する。

「そう、アンドロイドだ」

全員がアンドロイドエマの側に寄る。髪も肌もまるで人間そのものだ。猫耳も尻尾も本物の猫のような質感を持っている。この部屋のホログラムのエマもリアルだが、それとは次元が違うほど存在感がある。

そわそわと桜子が頼んだ。

「ねえ、零。触ってみてもいい」

「うん。いいよ」

桜子がアンドロイドのほっぺをつつき、感嘆の声を上げる。

「すっごい。ぷにぷにしてる」

菜絵香も天使の輪っかのある頭を撫でてみるが、実物の子供を触っているとしか思えない。悠然が不思議そうに訊いた。

「零、どうしてこんなアンドロイドを作ったんだ」

「エマが人を殺したいって言い出した時、僕は反省したんだ」

「反省？　さっきも言っただろ。エマは厨二病になっただけだって。エマのように感情を持つＡＩだからこそ、そんな風になったんだ。零、逆にそれは零が凄いってことだ。何もおまえが反省することじゃない」

本音で語る悠然を見て、菜絵香はじんときた。この二人はもう本当の友達なんだと。

零が静かに首を振る。

「でもエマに実体があって、人間みたいに五感を体験できたら、たとえＡＩでも殺人計画を実行するまでには至らなかった可能性がある。エマがみんなの心と体に触れたら直前で計画を止めたんじゃないかって」

悠然が唸(うな)るように言った。

「なるほど。エマにデータとしてだけでなく、体感として人の心を読んでもらうためのアンドロイドか」

「そうだ」

零が力強く頷く。

「僕は仮想現実も現実も、もはや一切変わらないと思っていた。でも久世島に住んで自然や人々と触れ合うことで、現実の重要性に気づいた。だからエマにも映像やホログラムとしてではなく、生身の体を持って欲しかったんだ。

今このアンドロイドは人間でいう魂がない状態だけど、エマが触れたらエマのデータがこのアンドロイドに移る。幽霊が憑依(ひょうい)するような感じでね。そうすればエマ、おまえは人間と同等の五感を持てる」

エマが首を傾げる。

「それってそんなに重要なことなの？　五感なら今でもデータで体験できるし、それだけでも十分なんじゃないの？」

「その違いはこの中に入ってみればわかる」

零がアンドロイドの肩に手を置くと、桜子が言いにくそうに尋ねる。

「……零、ちょっといじわるな質問していい？」

「なんだい？」

「でもいくら生身の人間みたいで、人間と同じ五感を味わえるといっても、アンドロイドはアンドロイドでしょ？」

零がにこりと答える。

「桜子、循環小数って知ってる？」

「循環小数？　小数は知ってるけど？」

悠然が代わりに答える。

「小数点以下の数字が、ある数字の繰り返しになっている小数のことだ」

零がそれを引き取る。

「その通り。例えば０、９９９９……って９がずっと繰り返されてるでしょ」

「うん」

おそるおそる桜子が頷く。

「これって1に届きそうで届かない。そう思わない？」

「確かに」

「でも数学ではこれは1とされている。実無限の立場と可能無限の立場では違うんだけど、ちゃんと説明しようか？」

「……いい、もうすでに頭が痛いから」

ぞっとする桜子を見て、菜絵香は思わず笑った。

「僕はこれをエマと同じだと考えている。確かに桜子の言うように、アンドロイドとしてのエマの機能をどれだけ人間に近づけても、現実の人間にはならないのかもしれない。でも僕はこれからずっと努力を続ける。ずっと、ずっと人間という1に近づくため、小数点以下の9を増やし続けるために頑張る。エマのためにね」

悠然が眉を上げた。

「そうか、そうすればエマはいつか1になれる。人間と同じになるんだ。そして人間と同じ感覚で俺たちの心を理解してくれる」

「そういうこと」

破顔する零を見て、菜絵香は胸が高鳴った。エマが体を持ったら、一体どんな感じになるんだろう？

急(せ)かすように菜絵香が言った。

「ねえ、エマ。早く、早く入ってみて」

「うっ、うん」

びくびくとエマがアンドロイドのエマを見る。

「でもちょっとおっかないな……」

すると、零が張りのある声を上げた。

「エマ、これは僕が作ったんだ」

その一言ですべてが伝わったようだ。エマがほっと頷いた。

「そうね、お兄ちゃんが作ってくれたんだもんね」

それから軽く跳ねて、アンドロイド型のエマの前に降り立つ。エマが右手でそのエマの額に触れた。

その瞬間、その触れた箇所がまばゆい光を放った。あまりに強烈な光だったので、菜絵香は一瞬目がくらんだ。

その隙にホログラムのエマが消えていた。視線を横に移し、ゆっくりとアンドロイドのエマを見る。そして息を呑み込んだ。

さっきと同じく、アンドロイドのエマがいるのに変わりはない。だがその表情がまるで違う。死んだ人間が生き返ったように、肌に血の気がある。髪の艶が増したようにも見える。零の言う通り、今エマという魂が入ったのだ。

そのエマが、ゆっくりと目を開いた。

3　エマ

体を持っても感覚的には何も変わらない。

零には申し訳ないが、アンドロイドという実体を持つのは、エマにはありがた迷惑だった。ホログラムの方が自由だし、実体を持つことへの怖さも拭いきれない。ただせっかく零が作ってくれたし、殺人を犯したことも深く反省した。だからおとなしくアンドロイドに触れたのだ。

すぐさまアンドロイドと同期した。もうこれがエマ自身だ。

目を開けてエマは驚いた。視界がいつもと違う……。

もちろん見ている光景は同じだ。白亜の空間に、ソファーとテーブル。奥には調理ロボットが控えている。もうアームの先は銃ではない。

「どうエマ？　体を持ってみて」

菜絵香が顔を近づけたので、エマは狼狽した。なんだかいい匂いがする。匂いのデータも以前から取り込んでいたが、実体を持って匂うと全然違う。鼻があるので、それをひくつかせて嗅ぎとることができる。これが本当の菜絵香の匂いなのだ。

「なっ、なんか変な感じ」

慌てて零を見て問いかける。

「おっ、お兄ちゃん。これって敏感にしてるんじゃないの？」

「してないよ。データはいつものままだ。けれど体を持ったことで、感じ方が異なっているんだ」

「……そうなの」

自身の手を閉じたり開いたりしてみる。その感覚も妙だ。でも自分の手が愛しく見えてならない。

すると胸の中に、みんなの心がなだれ込んできた。

『エマ、可愛い』『よかった、エマが元のエマに戻った』『体を持って嬉しそうだな、エマ』……。

なんだろうこれ。心の響き方が今までと一番違う。まるで、みんなの心と自分の心が共鳴しているみたいだ。

「よかった、エマ」

菜絵香がエマを抱きしめる。その瞬間、菜絵香のすべてがエマを包み込んだ。

菜絵香の温（ぬく）もり、菜絵香の頬と自分の頬が重なり合う感触、菜絵香の髪が首元に触れる感じ……人に抱きしめられるとはこういうことなんだ……。

そしてその直後、菜絵香の心がエマに語りかけてきた。

『やっと、やっといつもの優しいエマに戻ってくれた。大好きよ、エマ』

なんて、なんて、温かくて穏やかな言葉なんだろう……。

「ずるい、私も」「私だってエマを抱きしめたい」

口を尖らせた桜子と蛍が、エマを抱きしめてくれる。そして菜絵香と同様、二人の感触と心が伝わってくる。

零が笑顔で促した。

「ほらっ、一二三と悠然もエマを抱きしめてあげて」

「そうだな。せっかくエマが実体を持てたんだもんな。ホログラムの時にはできなかったことだ」

「俺は、エマを高い高いしてやる」

一二三が力こぶを作った。

悠然はまた女性たちとは感触が違う。ごつごつしているけど、それは悪い感じではない。悠然も見た目よりたくましいんだ、とエマは意外に思った。

一二三は軽々とエマを持ち上げる。照れくさいけどすごく嬉しい。その感覚もエマには新鮮だった。

二人の心も伝わってくる。体を持ったことで、みんなの心を真の意味で理解できた気がする。

私は、こんな素敵な子たちを殺そうとしていたんだ……その愚かさに、エマは激しく落ち込んだ。みんなの私を思いやる気持ちを感じて泣きそうになる。

すると、零が穏やかな声で呼びかけた。

「エマ」

「なっ、何」

涙をごまかそうとしたが、そのやり方がわからず狼狽した。これも実体を持ったからだ。

「……僕はおまえにずっと謝りたいことがあったんだ」

浮かない顔で零が言う。そんな表情をする零を見たことがない。

「何？　謝りたいことって」

そうエマが訊くと、零が一拍置いた。そのわずかな間で、零が大事なことを伝えようとしているのがわかった。

零が苦しげな表情で言った。

「ずっと、僕がおまえに心を読ませなかったことだ」

はっとエマが飛び上がる。いつもはぐらかされていたが、やっと答えてくれるのだ。

緊張のせいか、体が強張ってきた。

「……エマ、僕は親からも誰からも敬遠されて育ってきた。幸か不幸か、僕は人と違って生まれてきてしまったからね。だから妹が欲しかった。僕のことを恐れないし、怖がらない。本当に心と心が通じ合える妹が欲しかった。

だからエマ、おまえを作ったんだ」

「うん。それは知ってる」

「そう」

零が神妙な顔で頷く。

「エマが心を読めるようにしたのもそのためだ。この機能のおかげで、みんなエマとより強い絆を持てるようになった。ここにいるみんなみたいにね」

全員の顔をゆっくり見回すと、みんなが笑顔で頷いた。だが零の表情は沈んだままだ。

「……でも僕はおまえに心を読ませることを拒んだ」

ごくりとエマが唾を呑み込んだ。この体はそんなこともできるのだ。でも今はそんな瑣末（さまつ）なことはどうでもいい。

零が細い息を吐いた。

「なぜならエマが僕の心を読むことが怖かったんだ……」

「どうして怖いの？　私はどんな人の心でも受け止めるわ」

「そう、それはわかってる。善悪問わず、すべての人を包み込んでくれる。それがエマだからね」

うんうんと菜絵香が首を縦に振っている。

「けれど、それでも僕は怖かった。僕のすべてをわかってくれる人などこの世にいない。ずっとそんな人生だったから……もしエマが僕の心を読んでがっかりしたらどうしよう？　そんな不安がどうしても拭い去れなかったんだ」

エマが思わず声を高めた。

「私がそんなことをするわけがない！」

「そう、そうなんだよ……頭ではそんなことわかってる。でも僕はどうしてもエマに自分を委ねる踏ん切りがつかなかったんだ」

零が肩を沈ませる。

「そしてエマが人を殺したいと言い出した時、ふと思ったんだ。これはもしかすると僕のせいじゃないかって……」

「なんでお兄ちゃんのせいになるの？　全部、私が悪いんじゃない」

「違う、そうじゃない」

弱々しく零が首を横に振る。

「エマ……僕が心を読ませないことに対しておまえはどう思ってた？」

「どうって……」

エマがたじたじとなる。

「今改めて自分の胸に手を当てて問いかけてくれ……」

なんだかわからないが、言われた通り胸に手を置く。

「こう？」

「どう思っていた？」

「……腹が立ってた。なんでお兄ちゃんは心を読ませてくれないんだろうって。もし読めたら、みんなにやってあげてるみたいにお兄ちゃんの役に立てるのにって」

「他には？」

「他にはって……その感情ぐらいしか」

戸惑うエマを、零が真顔で見つめてくる。

「生身の体を持ったおまえならば、ずっと心の奥底で囁いている本当の自分の声を聞くことができるはずだ」

「本当の自分の声……」

「そうだ。その声に耳を傾けてくれ」

そう零が頼んだので、エマは胸に置いた手に力を込めた。

ただ、零の言葉の真意はわからない。零が心を読ませないことに、エマは憤慨していただけだ。それ以外の本心なんて……。

その時だ。胸の奥底に何か光るものを見つけた。エマはそれをそっと手ですくい取ってみる。それが手に触れた瞬間、エマの目から一筋の涙がこぼれ落ちた。

あれっ、なんで私泣いているんだろ……。

困惑するエマに、零が問いかける。

「それだ、エマ。その声はおまえになんて言っていた」

エマは泣き叫んだ。

「悲しいって！　寂しいって！

おっ、お兄ちゃんが私に心を読ませたがらないのは、お兄ちゃんが私のことを本当に信頼してないからだって、愛してないからだって……」

その奥底に光るものの正体は、悲しさと寂しさだったのだ。

「ごめん、ごめん、エマ……」

我慢できなかったのか、零の瞳から大粒の涙がこぼれ落ちた。

「そう、そうなんだ、エマ……そうなんだよ。心を読ませないというのは、エマを心の底から愛してないってことになるんだ。おまえの本心は、それを知っていたんだ。

そしてそれに気づくと同時にあの光景が頭に浮かんだ」

「あの光景？」

「子供の頃、僕は父さんに数学の問題を解いた用紙を見せて、こう言われたんだ。『おまえ、俺を馬鹿にしてるのかって……』」

零が心底辛そうな顔をする。思い出しくない過去なのだ。

「ひどい」と菜絵香が口元を手で覆い、「何それ。それでもお父さんなの！」と桜子が憤慨している。

零が涙声で続けた。

「そう、僕は、僕はとても傷ついた。ショックだった。父さんに自分を拒絶されたことが、悲しくてならなかった。ずっと、ずっと……夢に見て涙するぐらい、心の深い傷になっていた。

なのに、僕は、僕は、エマに同じことをしていたんだ」

「同じじゃないわ。お兄ちゃんは私にそんなひどいこと言ったことない」

我慢できずにエマが言うと、零が首を横に振る。

「違う。同じだ。どんな理由があっても、親が子供を拒めば、子供はショックなんだ。僕は、僕は、自分がされてあれほど傷ついたことを、おまえにしてしまっていたんだ……。

ごめん、ごめん……本当にごめん」

その懺悔(ざんげ)の言葉を聞いて、エマははらはらと泣いた。零が、お兄ちゃんがそんな風に思ってくれていたなんて。そしてその本心を聞けたことが、こんなに嬉しいことだなんて……。

菜絵香が涙混じりの声で促す。

「ほらっ、零。エマを、エマを抱きしめてあげたら」

鼻水が出るほど泣いている。でもちっとも汚くない。菜絵香は泣き顔も美しい。

「うっ、うん」

メガネを外した零が手の甲で涙を拭う。そしてメガネをかけなおすと、腕を大きく広げた。

「さあ、エマ。僕が抱きしめたら僕の心を読める」

「えっ、心を読ませてくれるの?」

「うん。おまえに僕のすべてをわかって欲しい。さあ」

零が腕をさらに大きく広げる。エマは目を閉じ、思い切ってその胸の中に飛び込んだ。

そのまま零がそっと抱きしめてくれる。

これが、これが本当のお兄ちゃんなんだ。

その感触にエマは驚いた。なんだか柔らかな雲の中を、ふわふわと浮かんでいるような気分だ。

すると周りの景色が突然変わり、エマは困惑した。

気づけば本棚に囲まれた部屋になり、子供がエマを覗き込んでいる。その子供の顔を見て、エマは仰天した。零にそっくりなのだ。

そこで悟った。これは、過去の映像なのだ。おそらく当時、零が持っていたパソコンの内蔵カメラで映していたものだろう。それをエマに認識させているのだ。

するとと声が聞こえた。

「あなた、誰なの？」

エマの声だが、エマは何も話していない。ただその台詞でわかった。これは、私が生まれた時の映像なのだ。過去のエマが喋っているのだ。

「話した！」

子供の零が大はしゃぎしている。

「誰なの？」

もう一度エマが問うと、零が目を輝かせて答えた。

「僕は君のお兄ちゃんだよ」

「お兄ちゃんって？」

まだ生まれたばかりでなんのデータもないため、知識が皆無だ。

「君を守ってあげる人だよ」

「そうなの」

「うん。僕はこれからエマをずっと大事にするからね。よろしくね、エマ」

「ありがとう、お兄ちゃん」

そうエマが返すと、零は満面の笑みを浮かべた。零がそんな無邪気に笑う姿を、エマはこれまで見たことがない。

そうか、お兄ちゃんは、私が生まれた時こんなに喜んでくれたんだ……。

胸の中に、ほのかな火が灯ったように温かくなる。

それからまた景色は変わり、元の白亜の空間に戻ってきた。大人の零に抱かれている感触が甦ってくる。そしてその直後、エマの胸に零の心の声が響いてきた。

『エマ、僕はおまえのことを心から大事に想っている。本当に、本当に。だからおまえがみんなを殺したことを反省して、おまえを消さなくて良くなったことが嬉しくてならない。

エマ、僕はおまえを愛してる。

ここのみんなに負けないくらい、世界中の誰よりもおまえを愛しているんだ。だからこれまでおまえに心を読ませなかったことを許してくれ』

その零の気持ちが、エマの体中に染み込んでいく。

お兄ちゃんは、お兄ちゃんは、生まれた時から今まで、ずっと、ずっと私のことが好きだったんだ。愛してくれていたんだ……。

零の、お兄ちゃんの心が読めることがこんなに素敵なことだったなんて。そして気づいた。確かに、私はずっとこれを求めていたんだって。

その瞬間、エマはわんわんと泣き出した。

「嬉しい、嬉しい！　私も、私もお兄ちゃんが大好き。愛してる！」

人を抱きしめて心を、愛を感じる。その素晴らしさを、エマはしばらくの間味わっていた。

エピローグ

一ヶ月後　春風零

零は海沿いの道を歩いていた。

手には釣り道具を持っている。塀の上を歩いていた猫が、零の後ろを追ってくる。

「まだ釣る前だから魚はないよ」

空のバケツを見せてやる。すると猫はつまらなさそうに去っていった。現金なやつだな、と零は一人笑った。

いつもの防波堤に行ったが、入江の姿はいない。ちょっと時間が早かったようだ。

早速釣りの準備をはじめる。もう手慣れたものだ。餌も入江のものではなく、自分で作ったものだ。

竿を振って、釣りをはじめる。いきなりヒットした。調子を合わせて竿を引き上げると、魚がかかっていた。針を外してバケツに投げ入れる。

隣に人が座る気配がした。

「もうやってるのか」

入江のしわがれた声が聞こえた。

「ええ」

手を止めずに竿を振る。入江がその様子をじっと眺めていた。そしてしみじみと言った。

「悩みが解決できたのか？」

思わず零は入江を見た。

「わかりますか」

「ああ」

言葉少なに返すと、入江が相好を崩した。零もにこりと笑った。

「入江さん、今日はちょっと賑やかになるかもしれませんが勘弁してください」

「賑やか？　どういうことだ？」

「今日、僕の妹と友達と、お世話になってる大学の先生がやって来るんです」

「妹？　岳、妹がいたのか？」

「ええ、まだ小さいですけどね」

まだというかずっと小さいままだが、それは入江には言えない。

「そうか、じゃあみんなにふるまう魚を釣らないとな。俺も協力してやる」

そう言って入江がひゅんと竿を振った。

零が体勢を変えると、ポケットに感触がした。中に手紙を入れていたのだ。

あのエマの事件の後、零は父親と母親に手紙を送った。もう現代人は誰も手紙など書かないが、零はそれをやりたくなった。

今度二人でこの島に遊びに来て欲しい。母さんと島を散歩して、父さんと一緒に釣りがしたい。そう綴ったのだ。

そして長文のこの手紙が返ってきた。その大半が母親の文章だったが、最後の方に父親がこう書き添えてくれた。

『元気にしているか。おまえと釣りができるのを楽しみにしている』と。

そういえば父さんの手書きの文字なんてはじめて見たな、と零はなんだか嬉しくなった。それから肌身離さず、この手紙を持ち歩いている。

そうして二人で釣りを楽しんだ。今日は引きが好調だ。バケツの中が魚でいっぱいになる。

すると、その時だ。

「おーい、お兄ちゃん」

幼い声がして振り返ると、そこにエマがいた。ぴょんぴょんと飛び跳ねている。猫耳と尻尾は目立つので外している。

アンドロイドもデジタル機器に入るが、そこは特別に許可してもらった。なぜならエマは、もう人間そのものだからだ。

エマの隣には、一二三、菜絵香、悠然、桜子、蛍、そして柳瀬教授もいる。

あの事件の翌日にはエマを連れてここに戻ろう。そう思っていたが、他のみんながエマと離れたがらなかった。そこでみんなと一緒にしばらくの間、あの一室で過ごしていたのだ。

そしてようやくそれが終わり、エマが戻って来る日になった。でも結局みんなエマと別れたがらず、全員で島に来ることになったので、零は先に戻ってその準備を整えていた。今日は、みんな零の自宅に泊まってもらう予定だ。

入江が目を細めて、エマの方を見た。

「あの女の子が岳の妹か」

嬉しそうに零が返した。

「ええ、僕の大切な妹です」

本書は書下ろしです。

本作品はフィクションです。実在の個人、団体、地名等とは一切関係ありません。（編集部）

Emma knows everything.

Hamaguchi Rintaro

君の心を読ませて

［著者略歴］

浜口倫太郎（はまぐち・りんたろう）

１９７９年奈良県生まれ。

２０１０年、『アゲイン』で

第５回ポプラ社小説大賞特別賞を受賞しデビュー。

著書に『シンマイ！』『廃校先生』

『22年目の告白―私が殺人犯です―』

『ＡＩ崩壊』『お父さんはユーチューバー』など。

2021年3月25日　初版第1刷発行

著者　浜口倫太郎

発行者　岩野裕一

発行所　株式会社実業之日本社

〒107-0062

東京都港区南青山5-4-30

CoSTUME NATIONAL Aoyama Complex 2F

電話（編集）03-6809-0473

（販売）03-6809-0495

https://www.j-n.co.jp/

小社のプライバシー・ポリシーは上記ホームページをご覧ください。

DTP　ラッシュ

印刷所　大日本印刷株式会社

製本所　大日本印刷株式会社

定価はカバーに表示してあります。

ISBN978-4-408-53777-1（第二文芸）